藏書

珍藏版

唐詩宋詞元曲

于立文 主编 李金龙 编

选编

捌

辽海出版社

王实甫

　　王实甫（生卒年不详），名德信，大都人，大约与关汉卿同时。他是元代著名剧作家。著有杂剧十四种。曲文全存的有《西厢记》、《破窑记》、《丽春园》三种。王实甫是富有才华，明初人贾仲明称赞他"作词章，风韵美，士林中等辈伏低。"留下的散曲甚少，仅有小令一首，套曲两套，残曲两段。

〔中吕〕十二月过尧民歌

别　情

【原文】

　　自别后遥山隐隐，更那堪远水粼粼①。见杨柳飞绵滚滚，对桃花醉脸醺醺②。透内阁香风阵阵，掩重门暮雨纷纷。怕黄昏忽地又黄昏③，不销魂怎地不销魂④。新啼痕压旧啼痕，断肠人忆断肠人⑤。今春香肌瘦几分？

搂带宽三寸⑥。

【注释】

①粼粼（lín 林）叠用词，形容水清澈。

②对桃花醉脸醺醺：面对着如吃醉酒那样鲜红脸色的桃花。

③忽地：表示时间过得快。

④不销魂怎地不销魂：不丧魂怎能有丧魂。

⑤这句开头的"断肠人"指思妇自己，下边的"断肠人"是指被思念的人。

⑥搂带，腰带。

【赏析】

此曲写一个独处深闺的妇女，思念她远在他乡的爱人的悲哀心情。头两句通过看"遥山隐隐"，望"远水粼粼"说明爱人与自己关山阻隔，难以相见。下四句通过人物对暮春景象的感受，烘托人物触景伤情的内心活动。面对柳絮杨花，眼望桃花鲜红，闻到香风阵阵，又添纷纷暮雨，使行离人内心的凄怆，加浓加重。"怕黄忽地又黄昏"有如警句：怕黄昏之后的孤寂长夜，愈怕，它却来得愈快！"不销魂怎地不销魂。""新啼痕压旧啼痕"，"搂带宽三寸"，这绝非一日相思之苦，而是长期相思所带来的心理与生理变化。

此作巧妙地运用叠字词和复字句，更增强了曲子的节奏感和韵律美。"断肠人忆断肠人"堪称绝。

庚天锡

庚天锡（生卒年不详），字吉甫，大都（今北京市）人。曾任中书省椽等，著杂剧十五种，今俱不传。

〔双调〕蟾宫曲

【原文】

环滁秀列诸峰。山有名泉，泻出其中。泉上危亭，僧仙好事，缔构成功。四景朝暮不同。宴酣之乐无究，酒饮千钟。能醉能文，太守欧翁①。

【注释】

①欧翁：即宋欧阳修

【赏析】

此曲借对欧阳修的《醉翁亭记》之铺衍，抒发自己怀才不遇之苦，以欧翁为楷模借酒浇愁，在无奈中透着达观。

〔双调〕雁儿落过得胜令

【原文】

名缰厮①缠挽，利锁相牵绊。弧舟乱石湍，羸马连云栈②。宰相五更寒③，将军夜渡关④。创业非容易，升平守分难⑤。长安⑥，那个是周公旦⑦？狼山⑧，风流访谢安⑨。

【注释】

①厮：与"相"义近。

②羸（léi）：瘦弱。连云栈：在陕西省褒城县北，即褒斜栈道。

③宰相五更寒：宰相要在寒冷的五更天就上朝。

④"将军"句：做将军的要连夜夺关。

⑤"升平"句：太平时候守业更是艰难的。分：本分、责任。

⑥长安：此处泛指首都。

⑦周公旦：西周初年政治家。

⑧狼山：此处泛指隐居的山林。

⑨谢安（320～385年）：东晋大臣，字安石，陈郡阳夏（今河南省太康县）人。他寓居会稽与名士王羲之遁等交游，放情山水，沉溺声色。年过四十终于出仕，历任尚书仆射、骠骑将军，官至司徒。曾率弟谢石等，大败秦王苻坚于淝水，收复河南失地。

【赏析】

〔雁儿落〕此曲说有些人被名缰利锁所牵绊，就像一叶孤舟出没在乱石隐现的激流之中，就像一匹瘦弱的马闯进道路艰险的连云栈，危险万分。

〔得胜令〕述说自己的理相与抱负。当宰相要冒着五更天的寒冷去上朝，做将军的要边夜夺关攻敌。创业不易，守成亦难。

朝迁里哪里还有周公旦那样的英明的政治家？还是去寻访隐居山林的风流人物谢安吧！

庚吉甫对追名逐利的碌碌之辈嗤之以鼻，他本人也摆脱了名利之奴役。这也是对现实政治的黑暗腐败强烈不满的一种表现。

冯子振

冯子振（1257～1328后），字海粟，自号怪怪道人，又号瀛洲客，修州（今湖南攸县）人。冯子振官至承事郎、集贤待制。他是位才华横溢的诗人。"当其酒酣气豪，横历奋发，一挥万馀言"。从他和白无咎〈鹦鹉曲〉诗，也可看出他的胸中才气，笔底波澜。他的散曲风格豪放潇洒，贯云石在《序〈阳春白雪〉》中谓他"豪辣灏烂，不断今古"。《全元散曲》存其小令四十首。

〔正宫〕黑漆弩

农夫渴雨①

【原文】

年年牛背扶犁住②，近日最懊恼杀③农父。稻苗肥恰待抽花④，渴煞青天雷雨。（幺）恨残霞不近人情⑤，截断玉虹南去⑥。望人间三尺甘霖⑦，看一片闲云起处⑧。

【注释】

①此曲子的前面，原有一偏序，记叙女伶御园秀对作者说："自从白无咎（即白贲）写的（黑漆弩）问世以后，由于音律要求严，续作的人很少。"在场者闻听此语，都要求冯子振写，于是冯子振以汴、吴、上都、天京风景为题材，一气写了三十九首。这是其中之一。

②此句是说年年都在牛背后扶犁杖。

③懊（ào）恼杀：心里十分烦恼。

④抽花：抽穗、扬花灌浆。

⑤残霞：即晚霞光满天，天气在近日内不会转阴。

⑥玉虹：彩虹。虹为雨后天象。此句的意思是：由于彩霞满天，彩虹可能出现，下雨没有指望。

⑦三尺甘霖：救旱的大雨。

⑧此句的意思是说：由于渴雨，甚至对一片无用的闲云抱着微茫的希望。

【赏析】

这首曲子写大旱之际农夫渴雨的急切心情，情感与语言，都极质朴自然，生活气息较强。

"年年牛背扶犁住"是说农夫们终生从事农业，没有其他生计。但是他们近来却被极度的懊恼情绪所笼罩："原来是正当农作物抽穗场花最需要雨水之时，王公却不作美，久旱不雨。他们盼望老天下点救命雨，好保住收成。

农夫们引颈仰望苍天，但老天却并不通情达理，偏偏布下晚霞满天，把玉虹截断，仍要继续晴而不雨。作者心情与农夫一样，遥望长天，希望有一片闲云，或许会降下甘露。这是他内心真诚的祈求，表现出他关心人民疾苦与农民同喜忧的高尚情怀。

此曲语言质朴，情之所以具有感人的艺术魅力，基于作者对农村生活的深刻观察与理解，更基于他的民本思想。

刘燕歌

刘燕歌（生卒年不详），也作刘燕哥，元代歌妓，善歌舞，擅词曲，生平不详。现存小令一首，见夏庭芝《青楼集》、《古今词话》云："刘燕歌有饯行太常引词，传唱一时。"

〔仙吕〕太常引

钱齐参议归山东①

【原文】

故人别我出阳关，无计锁雕鞍。今古别离难，蹙损了蛾眉远山。一尊别酒，一声杜宇，寂寞又春残。明月小楼间，第一夜相思泪弹。

【注释】

①齐参议，即齐荣显，山东聊城人。曾为东平路总管府参议。中统元年（1260），谒告侍亲，还乡。

【赏析】

这首送别曲，缠绵悱恻。曲子将与故人的离别，以含蓄之语出之，用典不晦涩，化诗文入句而流畅自然，虚实交错，情景相生，极尽婉约绵丽之致。

真 氏

真氏（生卒年不详），福建建宁人，歌妓。现存小令一首。

〔仙吕〕解三酲

奴本是明珠敬擎掌

【原文】

奴本是明珠擎掌①，怎生的流落平康②。对人前乔做娇模样③，背地里泪千行。三春南国怜飘荡④，一事东风没主张⑤，添悲怆。那里有珍珠十斛，来赎云娘⑥。

【注释】

①此句意思是说我本是父母的掌上明珠。

②平康，唐代长安城有平康里，是教习乐伎的教坊所在处，后来作妓院的代称。

③乔，假装。

④三春南国怜飘荡：像江南春天的柳絮，飘荡无定。其意是说任凭主人带到各处卖艺。

⑤一事东风没主张：一切事都要受班主摆布，自己作不了主。

⑥那里有珍珠十斛，来赎云娘：谁能出珍珠十斛赎我。云娘，唐人传奇《裴航》载，秀才裴航在蓝桥驿遇仙女云英，向其求婚，虽历尽周折，终于结合。此处真氏以云娘自此。

【赏析】

此曲乃真氏的内心剖白：自己本是良家女子，不幸流落为歌妓，企盼有人能出重价为赎身，她愿同此人结为伴侣。

该曲深刻地表现出歌妓的痛苦生活：在人前强做娇媚以讨欢心，而内心却是说不尽的苦楚与屈辱，但又无处诉说，只好"背地里泪千行"，如同春风中的柳絮一样，任凭班主摆布。

这支曲较之珠帘秀在《答卢疏斋》中说"倚篷窗一身儿活受苦"，似乎更具体，更明显。若是将两曲结合起来读，当会更深切地感受到古代歌妓伶人的悲惨遭遇。

赵孟頫

赵孟頫（1254～1322），字子昂，号松雪道人、水精宫道人。宋秦王赵德芳亡后，赐第湖州，故为湖州（今浙江吴兴县）人。官至翰林学士承旨。他有多主面才能，是著名书画家，又精于音律、文学，诗文曲俱佳。著有《松雪斋集》。

〔仙吕〕后庭花

【原文】

清溪一叶舟，芙蓉①两岸秋。采菱谁家女，歌声起蓑鸥②。乱云愁，满头风雨，戴荷叶归去休③。

【注释】

①芙蓉：荷花。

②鸥：水鸟。

③休：语尾助词。

【赏析】

这首小令，初看只是一道动人的风景：

　　"清溪一叶舟，芙蓉两岸秋。"溪水清清，荷花亭亭，一群少女轻摇小舟，来往穿梭采菱。她们亭亭玉立，美艳如花，使得眼前美景更增添无尽风韵。"采菱放谁家女，歌声起暮鸥"，她们悠扬的歌声，惊起暮色中的鸥鸟。

　　接下来"乱云愁"，陡然一转，霎那间，乌云密布，带来"满头风雨"，但采菱的少女们却是一份从容不迫："戴荷叶归去休"，顺手折一茎绿荷，戴在头上，权充雨具，荡着小舟，踏上归途。于是，整个画面由明丽转为朦胧，更别有一番神韵。

　　他出身宋代宗室。元朝统治者以少数民族入主中原后，迫切需要汉族文臣辅佐。他就是在这种情况下出任翰林学士的。他对政治斗争的残酷激烈认识极为深刻，虽然出仕元朝，但故国之思和归隐之志始终缠绕着他，片刻不得安宁。

　　怎样面对政治的风云突变呢？词中少女处惊而不变的坦荡，给予了他某种启迪，或曰正是政治上的归隐之志，使得他将这幅明朗的采莲画，变成了雨中归隐图。这自是这首小令的深层含义了。

郑光祖

郑光祖（生卒年不详），字德辉，平阳襄陵（今山西临汾）人，曾任杭州路吏。是元代著名杂剧作家，所作杂剧十七种，今存《倩女离魂》等七种，只见佚文者一种，散曲存小令六首，套数两套。

〔双调〕蟾宫曲

梦中作

【原文】

半窗幽梦微茫，歌罢钱塘①，赋罢高唐。②风入罗帏③，爽人疏棂④，月照妙窗。缥缈见梨花淡妆⑤，依稀闻兰麝⑥余香。唤起思量，待不思量，怎不思量。

【注释】

①钱塘：杭州。此处用南齐钱塘名妓苏小小的故事。

②高唐：战国时楚国台馆名。宋玉曾写《高唐赋》，叙述楚襄王游高唐、梦中与巫山神女相会。

③罗帏：罗帐。

④疏棂（líng）：大格子窗户。

⑤缥缈：隐约。梨花淡妆：女子装束素雅，有如梨花一样清淡。

⑥兰麝：兰香与麝香。

【赏析】

郑光祖的〔双调〕蟾宫曲《梦中作》共三首,此是第一首。写梦中与情人相会,醒来后久久难以忘怀。

全曲十一句。第一层前三句写梦。午夜从半美梦中醒来,看到窗户半掩,夜色犹浓,想起刚才的梦境,迷离朦胧,依稀记得与爱人的欢会。接着两句具体写梦境,借典故极写歌舞的欢乐,幽会的深情。两个“罢”字,说明此时一切欢爱已成过去,但却欲“罢”不能,依然留连梦境。

第二层是接下来的三句,写醒来时所见到的景色:清风送爽,月光如水。凉风吹入罗帏,但此时罗帏中只有孤身一人。

第三层为七、八两句,主人公又去追思那逝去的美妙的梦境。还隐约记得她淡雅如梨花般的装束,仿佛还能闻到她如麝如兰的余香。“缥缈”、“依稀”与开头的“微茫”相呼应,写出了梦境的虚幻与朦胧,更别具一种魅力。

第四层是最后三句,又从梦境中回归现实:完全清醒过后,感到美梦虽然唤起了我对佳人的深深思念,但思念只是徒增烦恼,想不再思念,但又怎么能够呢?这三句直中见曲,往复回环,感情更加深沉。

这首小令，将梦境与现实交叉而又交融，动静交替而又相汇，情意绵长，极具韵致。

〔双调〕折桂令

【原文】

弊裘尘土压征鞍①，鞭倦袅芦花②。弓剑萧萧③，一竟入烟霞④。动羁怀⑤，西风禾黍⑥，秋风蒹葭⑦。千点万点，老树寒鸦。三行两行写高寒⑧，呀呀雁落平沙。曲岸西边近水涡，鱼网纶竿钓艖⑨。断桥东下傍⑩溪沙，疏篱茅舍人家。见满山满谷，红叶黄花。正是凄凉时候，离人又在天涯。

【注释】

①弊裘：破皮袄。征鞍：远行者的马鞍。

②袅（niǎo）：摇曳。

③萧萧：摇动，此处作飘零解。

④一竟：一直。

⑤羁怀：羁旅中游子思乡的情怀。

⑥禾黍：泛指庄稼。

⑦蒹葭：芦苇。

⑧高寒：寒冷的高空。

⑨纶竿：钓鱼竿。

⑩傍：靠近。

【赏析】

此曲写在秋风萧瑟之际，一个游子来到了一个荒村，满目凄凉，勾起无限的乡思。他衣衫破旧，风尘仆仆，疲惫不堪，有如秋风中的芦苇。他弓剑飘零，在山边水涯的古道上踽踽独行。西风萧瑟，秋水荡荡，老树上落着许多寒鸦，天空里飞着几行归雁。在苍茫的暮色里，游子渐渐接近了一个荒野小村，看到曲曲弯弯河岸西边靠近水涡的地方，有渔夫在岸边撒网，也有的泛着小舟在河心垂钓；在断桥东靠近溪流的旁边，有几处疏篱茅舍。大门房屋简陋，生活清苦，但都没有背井离乡。抬头远看，只见满山红叶与黄花。现在正是凄凉时候，游子却依然在天涯漂泊。此曲子生动、形象地勾画了一幅游子于暮秋时节在荒村漂泊的画图，将凄清景象与惨淡离愁相汇相融，给人以一种苍凉的审美感受。全曲衬字多，既生动多变，又畅达自然。读来朗朗上口。

马致远

马致远（生卒年不详），号东篱，大都人。他生活的年代大约在1250～1323年之间。

曾做过几年江浙行省务官，后来退出官场，过着"幽栖"生活。

他早岁热衷功名，"且念鲰生自年幼，写诗曾献上龙楼"是他这段生活的写照；居京城二十年后，得为江浙行省的提举官，依然大志难伸；晚年退出官场，隐居过活。

他与关汉卿、白朴、郑光祖并称"元曲四大家"，剧作以《汉宫秋》最著名。他的散曲意境宏丽，风格清逸，是整个散曲史上的一座高峰。于咏史、叹世、摹情、写景、叙事无不涉及，小令、套数各体皆备，所以郑振铎说散曲至马致远"题材始宽"，"意境始高"。其曲风奔放、飘逸、老辣、清隽，是"文采派"，"豪放派"的代表。贾仲明称他为"曲状元"。明清曲论家或交之比为杜甫，或赞他为"曲中青莲"，或推他为词中苏轼。明朱权评其曲风"如朝阳鸣凤"，列为元人第一。

有《东篱东府》传世。现存小令一百一十五首，套数二十二支，残套数四支。

〔南吕〕四块玉

马嵬坡

【原文】

睡海棠，春将晚。恨不得明皇①掌中看。"霓裳"便是中原患。不因这玉环②，引起那禄山③。怎知"蜀道难"？

【注释】

①明皇：即唐玄宗。

②玉环：即杨贵妃。

③禄山：即安禄山。

【赏析】

这首曲子讽刺唐玄宗与宠妃杨玉环终日玩《霓裳羽衣舞》，而招致亡国逃奔马嵬坡的史实，发出了兴亡之叹。但作品对杨玉环的微词甚于玄宗，表明作者在某种程度上受有"女人祸水"的消极影响。这就减弱了这首咏史诗的份量。但全曲造词清新、畅达自然，故后世亦广为流传。

〔越调〕天净沙

秋思

【原文】

枯藤老树昏鸦①，小桥流水人家，古道西风瘦马。夕阳西下，断肠人在天涯。

【注释】

①昏鸦，黄昏时的乌鸦。乌鸦色黑，黄昏时天色昏暗，这使得更不易看清乌鸦的头脑，故称昏鸦。

【赏析】

这是马致远的一首可以传唱千古的名曲。开砂三句用"基藤、老树、昏鸦、小桥、流水、人家、古道、西风、瘦马"九个汉有动词的并列词组将九种不同的景物有机地组接于一，构成一幅萧瑟的秋景图，并从中带奔波于他乡的游子及其身世。作者并没有明写他是何许人也，但用"瘦马"两字点出他的家境寒微。

"夕阳西下"提供了游子在古道上奔驰的时间，同时也给整个画幅更抹上一层暮色苍凉的色调。最后一句用"断肠"二字表达出游子愁思的强烈，以"天涯"二字揭示游子离乡的遥远，从而进一步强化了作品的主题。

此曲仅五句二十八字，但却雕绘出一幅极富诗情的画面，营造出撼动人心的意境。

元人周德清认为此曲系"秋思之祖"，近人王国维在《人间词话》中说它"寥寥数语，深得唐人绝句之妙境。此曲确为言简意丰、缠绵无限之作。

〔南吕〕四块玉紫芝路①

【原文】

雁北飞，人北望②，抛闪煞明妃也汉君王③。小单于把盏呀剌唱④。青草畔有收酪牛⑤，黑河边有扇尾羊⑥，他只是思故乡⑦。

【注释】

①紫芝路：昭君出塞时经过的道路。

②人北望：汉元帝向北望昭君。

③抛闪煞明妃也汉君王：意思是明妃撇得汉君王好苦。

④小单于：指呼韩邪单于。呀剌剌（là），象声词，指小单于的歌声。

⑤青草畔有收酪牛：草原牧场上有大量产奶的牛。

⑥黑河边有扇尾羊：黑河边有尾像扇形的肥羊。黑河，位于呼和浩特市南效，昭君墓在此河畔。

⑦他：指昭君。

【赏析】

此系一首咏史曲，讲叙昭君出塞之故事。昭君出嫁匈奴，向被认为是带有民族屈辱性的憾事。历代多有诗人、歌者、剧作家、画家以它为题材进行创作。

古乐府有（昭君怨）乐曲，据《东府古题要解》说："王嫱字昭君，汉元帝时匈奴入朝，诏以嫱配之，汉人怜昭君远嫁，为作歌咏。"后又有词牌（昭君怨）。绘画有《昭君出塞图》。元杂剧有马致远的《汉宫秋》，吴昌龄的《走昭君》等，著名诗人常建、杜甫、白居易、王安石等也都对此有吟咏。

此曲前四句以用对双手法描绘汉君王和小单于的不同心情。汉君王翘首北望，只见雁北飞，而不见昭君之面，无限的痛苦与懊悔；小单于则面对昭君举杯畅饮得意欢唱。

作者此种描写，表现出对两人不同的情感倾向：对前者表现出极大的同情，对后者则带有民族意识的憎恶。

曲的最后三句是写昭君在塞外尽管有丰厚的物质物活，但她依然时时怀念故乡。正似杜甫《咏怀古迹》所写的那样："画图省识春风面，环珮空归月夜魂。"（其意为元帝只能在画图中约略地看识昭青春的面容，她死在匈奴，思念家乡，魂灵只有在月夜才能归来。）这支曲也可以说是作者杂剧《汉宫秋》主题的诗化表现。

〔南吕〕阅金经

夜来西风里

【原文】

夜来西风里，九天雕鹗飞①，困煞中原一布衣②。悲，故人知未知？登楼意③，恨无上天梯④。

【注释】

①九天雕鹗飞：其意是说一群像雕鹗的恶人，却在

朝廷里飞黄腾达。

　　②布衣：指没有官职的平民。中原，暗指汉民族。

　　③登楼意：取意于王粲的《登楼赋》。据传王粲初投荆州牧刘表，因貌丑体弱不被重用，王粲登当阳城楼有感而作赋，抒发怀才不遇和乡愁。其中有句："冀王道之一平之力，施展自己的才能。马致远的"登楼意"亦即此意。

　　④上天梯：比喻进入朝廷的途径。

【赏析】

　　这道曲子抒发怀才不遇的悲愤。头两句比喻朝廷黑暗坏人当政。下几句是抒泄自己的悲愤感情。从其思想内容来看，此曲昭示出马致远在仕途上原来并非无意进取，而是由于"夜来西风里，九天雕鹗飞"，自己原有"登楼意，恨无上天梯"。恶人当道阻隔了他的前进之途，这才使他后来产生了"恬退"的思想。此曲对于了解马致远的思想变化很有裨益。

〔双调〕寿阳曲

远浦①帆归

【原文】

夕阳下，酒旆②闲，两三航③未曾着岸。落花水香茅舍晚，断桥头卖鱼人散。

【注释】

①浦：水边。

②酒旆（péi）旆，古代后部如燕尾的旗。这里系指酒旗——酒店的招子。

③两三航：两三只船。

【赏析】

此曲描绘了江村风情与渔民生活，宛如一幅风俗画，给人以优美、清新的感受。

前三句写远浦景色：夕阳西下，酒旗低垂，气氛甚为宁静，风也是懒懒地吹着，所以酒旗才不高扬。"两三航未曾着岸"，着眼的空间由小镇移于江上，江上亦风平浪静，两三只张帆的渔船将要靠岸。这更突现了小

镇的静谧与优美。

"落花水香茅舍晚"，时间与空间都发生了大幅度变化：时间已由傍晚（夕阳下）到了晚上，空间则由江上渔船移至江边渔舍（茅舍）。江畔有阵阵花瓣落下，水都沾染上了香气，几处茅舍静静地卧在苍茫的暮色中。此处写小镇的优美又增加了嗅觉，真使读者有如初入芝兰之室，顿觉香气四溢。此处写帆归，却省去了渔船靠岸，只写渔人在"断桥头"卖了鱼，回家休息："断桥头卖鱼人散"。此曲系马致远晚年所作，昭示出了他向自然回归的精神追求。全曲境界清淡优雅，远浦、酒旗、归帆、断桥、茅舍，谐和优美。浑然一体。这一幅"远浦帆归"图，令人驻足留连，常观常新。

〔双调〕寿阳曲

【原文】

一阵风，一阵雨，满城中落花飞絮。纱窗处蓦然闻杜宇①，一声声唤回春去。

【注释】

①蓦然：突然。杜宇：鸟名，又名子规、杜鹃和布谷。

【赏析】

此曲写暮春时节，"一阵风，一阵雨"，可谓"风雨送春归"。需要注意的是，此处写的不是风雨交加，而是时而风时而雨：只有风才能卷满城飞絮，唯有雨方能摧落落花满城。这形象地点化出暮春时节。突然听到纱窗处杜宇声声啼叫，"不如归去"，这不是一声声要把春叫回去吗！春欲归去，又是暮春时节。小令语言自然流畅，宛若抒情小诗，传达了作者一时之感受，赋予了言说不尽的深意。意境是隽永，耐人寻味。

〔双调〕蟾宫曲

【原文】

咸阳百二山河①，两字功名，几阵干戈②。项废东吴③刘兴西蜀④，梦说南柯⑤。韩信功兀的般证果⑥，蒯通言那里是风魔⑦？成也萧何，败也萧何⑧，醉了由他⑨！

【注释】

①百二山河：指战国时代秦国地势的险要，二万兵力可抵挡诸侯一百万兵。

②"两字"二句：为了功名二字，几次大动干戈。

③项废东吴：指楚霸王项羽在垓（gāi）下兵败，被迫在乌江自杀。乌江位于安徽和县东北，古属吴地。

④刘兴西蜀：汉高祖刘邦被封为汉王，得用封地汉中和蜀中的人力物力，战胜项羽，得以勃兴。

⑤梦说南柯：就像南柯一梦。

⑥韩信：汉高祖刘邦的开国功臣，后被吕后设计杀害，并诛夷三族（父族、母族、妻族）。兀的般：这般。证果：佛家语，因果报应，结果。

⑦ "蒯通"句：蒯（kuǎi）通，汉高祖的著名辩士。韩信用蒯通之计定齐地。后蒯通请求韩信背汉自立，韩信不听。他怕受牵累，假将风魔。

⑧ 韩信因萧何再三推荐才得到刘邦的重用。后来吕后杀韩信，也是用了萧何之计。

⑨ 他：读 tuō。

【赏析】

这首曲子联系历史人物表现自己的历史观和政治观。作者将人们带入过去的历史之中，让人们沉思。咸阳，这个秦国的都城，据说是只要两万人守卫，便可以抵挡诸侯百万大军。可是，为了功名二字，这里却战事频仍！楚汉相争，结果是项羽兵败，自刎于乌江边上。刘邦却凭借汉中和蜀地的人力物力，取得全胜，取代了秦朝。这些历史的纷争，其实有如"南柯一梦"。最后打败项竟被杀戮？这也是拂家所说的因果报应吧？当年蒯通劝韩信背汉自立，可是韩信不从，蒯通害怕，假装风魔，其实他哪里是真得了风魔病？最初向刘邦举荐韩信做统帅的是萧何，汉王朝建立不久，帮助吕后杀了韩信的还是萧何。真是人心难测。功名权位没有什么什值得留恋的，还是痛饮美酒，由他醉去吧！这个曲子借对历史事件的顺顾与评说，表现了对功名利禄的厌恶。对现实政治表示了反感。这是封建社会走向衰蜕时期，许多文人喜欢使用的表现手法。这首小令文字虽少，容量却大。语言如飞瀑流湍，很有气势，确实是豪放派风格。

〔双调〕夜得船

秋思（套数）

【原文】

百岁光阴如梦蝶①，重回首往事堪嗟②。今日春来，明朝花谢。急罚盏夜阑灯灭③。

〔乔木查〕想秦宫汉阙，都做了衰草牛羊野④。不恁么渔樵无话说⑤。纵荒坟横断碑⑥，不辨龙蛇⑦。

〔庆宣和〕投至狐踪与兔穴，多少豪杰⑧。鼎足三分半腰折⑨，知他是魏耶？知他是晋耶⑩？

〔落梅风〕天教你富，莫太奢⑪。无多时好天良夜，看钱奴硬将心似铁，空辜负锦堂风月⑫。

〔风入松〕眼前红日又西斜，疾似下坡车。晓来清镜添白雪⑬，上床与鞋履相别⑭。莫笑鸠巢计拙⑮，葫芦提一向装呆⑯。

〔拨不断〕名利竭，是非绝，红尘不向门前惹⑰。绿树偏宜屋角遮，青山正补墙头缺，竹篱茅舍。

〔离亭宴煞〕蛩吟一觉才宁贴，鸡鸣万事无休歇⑱。争名利，何年是彻⑲？密匝匝蚁排兵，乱纷纷蜂酿蜜，闹穰穰蝇争血⑳。裴公绿野堂㉑，陶令白莲社㉒。爱秋来那些：和露摘黄花，带霜烹紫蟹，煮酒烧红叶。人生有

1980

限杯，几个登高节㉓？嘱咐俺顽童记者㉔：便北海探吾来，道东篱醉了也㉕。

【注释】

①百岁光阴如梦蝶：人生百岁就如一场梦。梦蝶，《庄子·齐物论》："昔者庄周梦为蝴蝶，栩栩然蝴蝶也……俄然常，则蘧蘧然周也。"蘧蘧（qù 曲），惊动的样子。后人据此便用"梦蝶"形容？人生如梦"。

②堪：可以、足以。

③急罚盏：快行酒令喝酒。夜阑，夜将尽。

④阙（què）皇宫门前两边的楼：此处做为宫殿的代称。

⑤恁么：这样、那么。渔樵，此处喻隐士。

⑥纵荒坟横断碑：荒芜的坟墓前横臣卧着折着折断了的石碑。

⑦龙蛇：指文字。

⑧这句和上句是倒置句，顺读是"多少豪杰，投至狐踪与兔穴"。狐踪、兔穴指坟墓年久变成狐兔的窟穴。

⑨鼎足三分半腰折：鼎足之势的魏蜀吴三国都中途灭亡了。

⑩知他是魏耶？知他是晋耶：谁知道胜利者是魏呀，还是晋呢？

⑪莫太奢：不要有太大的欲望。

⑫锦堂：华丽屋宇，喻指美好的生活。

⑬白雪：指白发。

⑭意思是说上床睡觉又过了一天。

⑮莫笑鸠巢计拙：请不要耻笑我不会营生。《诗红·召南·鹊巢》："维鹊有巢，维鸠居之。"朱注："鸠性拙不能为巢，或有居鹊之成巢者。"此处"鸠巢计拙"指不善于营生。

⑯葫芦提系当时俗语，意即糊里糊涂。

⑰红尘：人马践踏起来的尘埃，借喻热闹繁华的景象。惹，招引。

⑱这两句意思是争名夺利的人到深夜才睡，天一亮又为名利奔忙。蛩吟，蟋蟀叫唤。蟋蟀喜在深夜叫。

⑲彻：到头、终结。

⑳以上三句形容世人争句利。蚁诽兵，两穴的蚂蚁常因争夺一点食物，互相残杀。穰穰（yáng 养）闹哄哄。

㉑裴公绿野堂：裴公隐居绿野堂。裴公，唐代名臣裴度。

㉒陶令白莲社：陶渊明参加白莲社钻研佛法。

㉓这两句是说人生有限，能过几个重阳节。

㉔嘱咐俺顽童记者：嘱咐家里的顽童记住。者，命令的口气。

㉕便北海探吾来，道东篱醉了也：即使孔北海来探望我，也说我醉了，不能见客。北海，孔融。他曾说过："座上客常满，尊中酒不空，吾无忧矣。"东篱，马致远的号。

【赏析】

这篇套曲昭示出马致远的人生观。他认为人生职梦，生命苦短，应及时行乐。他也这样观察封建王朝，不管是强强大的秦汉，或是鼎是足三分的魏蜀吴和两晋，没有一个永世长存；从个人来看，多少英雄豪杰最后也都进入坟墓。他以为唯有像裴度、陶潜那样过着诗酒参禅的隐逸生活，才是人生应走的正途。这未免有些消极遁世的意绪，但也蕴含着对封建正统文化的疏离。

他把世人争名夺利的行径比做蚁排兵、蝇争蜜。他把世人争名夺利的行径双做排兵、蜂酿蜜、蝇争血，亦应如此审视。毫无疑问，作者的此种志趣与节操应予首肯的。这篇套曲在表现方法上体现出马致远的独特风格：对不是抽象地论道，而是通过王朝变迁和历史人物的行为以及蚁蝇等争夺的形象描绘来予以揭示。此作还表现出作者在使用语言上具有独特的才能。

〔般涉调〕耍孩儿

借马（套数）

【原文】

近来时买得匹蒲梢骑①，气命儿般看承爱惜②。逐宵上草料数十番③，喂饲得膘息胖肥④。但有些秽污却早忙刷洗⑤，微有些辛勤便下骑⑥。有那等无知辈，出言要借，对面难推⑦。

〔七煞〕懒设设牵下槽⑧，意迟迟背后随⑨，气忿忿懒把鞍来鞴。我沉吟了半晌语不语⑩，不晓事颓人知不知⑪，他又不是不精细，道不得他人弓莫挽⑫，他人马休骑。〔六煞〕不骑呵西棚下凉处拴，骑时节拣地皮平处骑，将青青嫩草频频的喂。歇时节肚带松松放，怕坐的困尻包儿款款移⑬。勤觑着鞍和辔⑭，牢踏着宝镫，前口儿休提⑮。〔五煞〕饥时节喂些草，渴时节饮些水。着皮肤休使粗毡屈⑯，三山骨休使鞭来打⑰，砖瓦上休教稳着蹄⑱。有口话你明明记：饱时休走，饮了休驰

〔四煞〕抛粪时教干处抛⑲，尿绰时教净处尿⑳，拴时节拣个牢固桩橛上系。路途上休要踏砖块，过水处不教践起泥。这马知人义，似云长赤兔㉑，如益德乌骓㉒。

〔三煞〕有汗时休去檐下拴，渲时休教侵着颓㉓，软煮料草铡底细㉔，上坡时款把身来耸㉕，下坡时休教走得疾。休道人忒寒碎㉖休教鞭颩着马眼㉗，休教鞭擦损毛衣㉘。

〔二煞〕不借时恶了兄弟㉙，不借时反了面皮，马儿行嘱咐叮咛记：鞍心马户将伊打，刷子去刀莫作疑㉚。则叹的一声长吁气㉛，哀哀怨怨，切切悲悲。

〔一煞〕早晨间借与他，日平西盼望你㉜，倚门专等来家内。柔肠寸寸因他断㉝，侧耳频频听你嘶㉞道一声好去㉟！早两眼泪双垂。

〔尾〕没道理汉道理㊱忒下的芯下的㊲！恰才说的话君专记㊳，一口气不违借与了你㊴。

【注释】

①蒲梢：千里马名。以下各骑字读"奇"，当骑

马讲。

②气命儿，性命。看承，看待。

③逐宵，每夜每夜。

④息，赘肉，此处与肥胖同义。

⑤但有些：只要有些。

⑥微有些辛勤便下骑：马稍有劳累，自己赶紧下马不骑。

⑦对面难推：当面不好意思推辞。

⑧懒设设：懒洋洋。

⑨意迟迟背后随：慢腾腾地跟随在借马人的后面。

⑩我沉吟了半晌语不语：我沉思好大一会，说不说借不借呢。

⑪㞗，骂人话，读 diǎo，指雄性生殖器，与"锹"、"鸟"同音同义。

⑫道不得他人弓

1986

莫挽：常言不是说他人的弓不要拉。

⑬尻（kāo）包儿：屁股。款款，慢慢地。

⑭勤觑着鞍和辔：要勤看马鞍子和马缰绳。

⑮前口儿，马嚼子。

⑯着皮肤休使粗毡屈：挨着马皮肤的地方，不要垫不平的粗毛毡。

⑰三山骨，脑后骨。

⑱砖瓦上休教稳着蹄：砖瓦堆那种站不稳的地方，不要硬教马落稳脚。

⑲抛粪时教干处抛：马拉屎时教它在干处拉。

⑳尿绰（chāo）撒尿。

㉑赤兔，良马名。

㉒如益德乌骓：像张飞骑的乌骓马。

㉓渲时休教侵着颊：淋水时不要碰着马颊，免得生病。

㉔软煮料草铡底细：马料要煮得软，喂马的草要铡得细。

㉕耸，挺起来。

㉖休道人忒寒碎：别说我这个人太寒酸琐碎。飑（biǎo 标）甩。

㉘毛衣：马皮。

㉙恶，得罪。兄弟，指借马人。

㉚鞍心马户将伊打，刷子去刀莫作疑：此二句系隐语，元曲中谓之"拆白道字"。方法是把一个字拆开来说，合起来是一个字。

㉛则叹的一声长吁气：只长长地叹一声气。

㉜你：指马。

㉝柔肠寸寸因他断：柔肠寸寸都是困他借马扯断了。

㉞侧耳频频听你嘶：斜楞着耳朵不住听你叫唤。

㉟道一声好去：说一声好！你拉去吧！

㊱这句是说借马人不懂事理向人借马。

㊲忒下的：太下得狠心。

㊳恰才说的话君专记：刚才我嘱咐的话，你一定是用心记住。

㊴一口气不违借与了你：接上句，意思是说只要能按我嘱咐的话办，我就一口气不换地说借给你。

【赏析】

这篇套曲极写一个爱马如命的人当有人向他借马时的种种表现，对有钱人的吝啬进行讽刺。开头两支曲写马主在有人向他借马时的心理活动。舍不得借，当面又不好意思拒绝，却在心里暗骂借马人"不晓事颏人知不知……他人弓莫挽，他人马休骑。"

范　康

　　范康（生卒生不详），字子安，杭州人，是一位多才多艺的作家，能词章，通音律，散曲存小令四首，套数一套。

〔仙吕〕寄生草①

酒

【原文】

　　常醉后方何碍②，不醉时有甚思。糟腌两个功名字③。醅淹千古兴亡事④，曲埋万丈虹霓志⑤。不达时皆笑屈原非⑥，但知闲尽说陶潜是⑦。

【注释】

　　①寄生草：曲牌名，属北曲。
　　②方何碍：没有什么妨碍。

③糟腌（yān）两个功名字：将"功名"二字抛弃。糟腌，用酒或盐渍食物，此处指将"功名"二字淹在酒中。

④醅淹（pēi yǎn）千古兴亡事：将千古兴废大事淹没在酒里；其意谓但求终日一醉，管他古今兴亡之事。醅，未过滤的酒。

⑤曲埋成丈虹霓志：将远大的志向埋没在酒醉之中。曲，酿酒时发酵的材料。虹霓志指远大的志向。

⑥不达时皆笑屈原非：屈原不愿与世俗同流，被人

讥笑为不识时务。

⑦但知音尽说陶潜是：只有陶潜的知音人，才认为他的行为是对的。

【赏析】

范康用（寄生草）曲牌，曾写有"酒，色、财、气"四首小令，此是其一。此曲多嬉笑怒骂，看去似乎作者对人生已经厌倦，"但愿长醉不愿醒，实际上是对当时社会现实的一种消极反抗。

小令出语不凡，先以设问形式肯定了自己的人生态度，接着连用三个与酒有关的"糟腌"、"醅淹"、"曲埋"等词，把"功名"、"兴亡"、"虹霓志"全部予以轰毁，具有振聋发聩之力。

曾 瑞

曾瑞（生卒年不详），字瑞卿，大兴（今北京市大兴县）人。自后移家杭州。志不屈物，故不出仕，因号褐夫。临终，诣门吊者以千数。善丹青，能隐语，著杂剧《才子佳人误元宵》，今存。散曲有小令九十五首，套数十七套。

〔中吕〕山坡羊

自叹

【原文】

南山空灿，白石空烂①，星移物换愁无限②。隔重关，困尘寰③，几番肩锁空长叹，百事不成羞又赧④。闲，一梦残；干，两鬓斑⑤。

【注释】

①"南山"二句：宁戚想得到齐桓公的起用，扮用商人，晚上于齐国都城门处歇宿。等到齐桓公开城门迎接宾客之时，宁戚就敲着刀唱："南山矸（gān）白石烂，生不逢尧与舜禅。短布单衣适至骬（gàn），从昏饭牛薄夜半。长夜漫漫何时旦！"齐桓公听到后，认为他是个不平常的人，就用车将他载回，授以官职。此处翻用宁戚歌词中的两名，以抒发政治上不遇的悲愤。

②星移物换：（唐）王勃《滕王阁诗》："物换星移几度秋"，岁月流逝的意思。

③尘寰（huán）：人世间。此处指下层社会。

④赧（nǎn）：羞愧脸红。

⑤鬓（bìn）：鬓角。斑：花白。

【赏析】

这道（山坡羊）是作者对自己怀才不遇、虚度年华
的悲叹。起笔"南山空灿，白石空烂"，借用宁戚自荐
于齐桓公，得到重用的典故，抒发以比照手法，自身之
嘘叹。"星移物者对愁无限"翻用唐代著名诗人王勃
《滕王阁诗》句，表示作者对岁月流逝的忧虑。"隔重
关，困尘寰"，前一句讲的是有心报国，却被关山阻隔，
难见天子；后一句则是感叹自己虽然是学富五车，才高
八斗，但却困于下层社会。宠图的地方（环境）。作者
只有紧锁愁眉，仰天浩叹。思想情感表达得极其哀绝凄
婉。"百事不成羞又赧"，是紧承上句而生发的心理感
受。这样一位被誉为"志不屈物"的奇才，百事无成，
又怎能不羞愧脸红呢？"闲，一梦残；干，两鬓斑"，作
者陷入思想矛盾的漩涡。如何解决之？作者没有回答，
也无法回答，这是社会现实决定的。

这首曲子，思想真挚，语言简洁。"叹"字贯穿全
偏，曲终而叹犹未息，给人留下余味无限。

〔商调〕集贤宾^①

宫词（套数）

【原文】

闷登楼倚栏干看暮景，天阔水云平^②。浸池面楼台倒影，书云笺雁字斜横^③。衰柳拂月户云窗^④，残荷临水阁凉亭。景凄凉助人愁越逞^⑤，下妆楼步月空庭^⑥。鸟惊环佩响^⑦，鹤吹铎铃鸣^⑧。

〔逍遥乐〕^⑨对景如青鸾舞境^⑩，天隔羊车^⑪，人囚凤城^⑫。好姻缘辜负了今生^⑬，痛伤悲雨泪如倾。心如醉满怀何日醒？西风传玉漏丁宁^⑭。恰过半夜，胜似三秋，才交四更。

〔金菊香〕^⑮秋虫夜语不堪听，啼树宫鸦不住声。人孤帏强眠寻梦境^⑯，被相思鬼绰了魂灵^⑰，纵有梦也难成。

〔酣葫芦〕^⑱睡不着，坐不宁，又不疼不痛病萦萦^⑲。待不思量霎儿心未肯^⑳，没乱到更阑人静^㉑。

〔高平煞〕照愁人残蜡碧荧荧，沉水香消金兽鼎^㉒。败叶走庭除，修竹扫苍楹^㉓。唱道是人和闷可难争^㉔，则我瘦身躯怎敢共愁肠竞㉕？伤心情脉脉，病体困腾腾。画屋风轻㉖，翠被寒增，也温不过早来袜儿冷。

〔尾〕睡魔盼不来，丫环叫不应。香消烛灭冷清清，唯嫦娥与人无世情㉗。可怜咱孤另㉘，透疏帘斜照月偏明。

【注释】

①集贤宾：曲牌名，南北曲都有。

②天阔水云平：天空开阔、云水相接。

③书云笺雁字斜横：大雁在天空中排成字形飞翔。书云笺，以云天作为书笺。

④衰柳拂月：枯败的柳枝在月光之下，有如拂拭着月亮。

⑤景凄凉助人愁越逞：凄凉的景色增加了人的愁思。越逞，更加历害。

⑥妆楼：此处指女子的住处。

⑦环佩：古人衣带上所戴的佩玉珠宝。

⑧鹤吹铎铃鸣：鹤飞翔同铎铃的声音相应。

⑨逍遥乐：曲牌名。

⑩对景如青鸾舞镜：面对凄景生悲，就像鸾鸟对影悲鸣一样。

⑪羊车：羊拉的车。《晋书·胡贵嫔传》记载，晋

武帝"常乘羊车，恣其所之，至便宴寝"。此处反映皇帝坐的车。

　　⑫凤城：此处指京城，杜甫《夜》："步蟾倚杖看牛头，银汉遥应接凤城。"

⑬好姻缘：美好的姻缘。

⑭玉漏，饰有玉器的计时器。丁宁，水珠滴答的声音。

⑮金菊香：曲牌名。句式为七、七、七、四、五，共五句。

⑯孤帏：孤独地卧在帷帐内。

⑰被相思鬼绰了魂灵：相思病使人失魂丧魄，宛如被鬼夺走了魂灵。鬼绰，让鬼夺去。

⑱醋葫芦：曲牌名。

⑲病萦萦：被病缠绕。

⑳待不思量霎儿心未肯：想要不去思量，然而一会儿也办不到。

㉑没乱：心情烦乱。《三出小沛》一折《天下乐》："空教我擦掌磨拳没乱倒"。

㉒沉水香消金兽鼎：沉香将在兽形铜鼎内燃尽。沉水香，又名沈木香，是一种香木，放于水中则沉，故句。金兽鼎，铸兽形的铜鼎。

㉓修竹扫苍楹：用竹扫帚打扫厅前院落。修竹，长竹，此处反指竹制扫帚。苍楹，深绿色的堂屋前部柱子，此处指堂前院落。

㉔唱道是人和闷可难争：真正是人和愁飞难以抗

争。唱道是，真正是。

㉕则我瘦身躯怎敢共愁肠竞：我这样瘦弱的身躯怎能与愁肠相竞争。

㉖画屋：绘有彩饰的屋。

㉗唯嫦娥与人无世情：只有嫦娥与人世没有深情。

㉘孤另：即孤零，孤苦零丁。

【赏析】

这篇套曲通过描写一位宫女因遭冷落而对秋感伤的情景，反映了封建社会宫女不幸而辱的命运，从而抨击了封建社会缺席的戕贼人性。

以宫女生活为题材的作品在我国古代文学中并不鲜见，且常有佳作。如唐李白的《怨情》："美人卷珠帘，深坐颦蛾眉。但见泪痕湿，不知心恨谁？"形象生动地表现了宫女们被隔绝幽闭，终日以泪洗面的悲惨生活情景。曾瑞的比篇《宫词》。正是李白《怨情》诗的类似再现。从唐至元，封建朝代几经更迭，但妇女（含宫女）的命运并未改变。中国封建社会的超稳寂性于此亦见一斑。作品运用情景交融的手法，选择了一个令人无比伤悲的暮秋之夜，以强化宫女的命远的悲苦，起到了很好的烘托效果。

白 朴

白朴（1226～1312），字太素，号兰谷，原名恒，字仁甫。祖籍今山西河曲附近，后居真定（今河北正定）。他自幼经丧乱，母亲为元军掳去。这件事对他一生影响至深，从此"恒郁郁不乐"。他谢绝仕进，中年后弃家南游，放浪形骸，纵情山水，宋亡后定居金陵（今南京）。白朴是"元曲四大家"之一，对杂剧创作贡献巨大。他的散曲多以颂扬居生活，蔑视功句富贵为内容，曲风清丽俊逸，为当时人所推重。明朱权《太和正音谱》说他"风骨磊块，词源滂沛，若大鹏之起北溟，奋翼凌乎九霄，有一举万里之志"。有《天籁集》。《全元散曲》存其小令三十七首，套数四支。

〔中吕〕喜春来

题情

【原文】

从来好事天生俭，自古瓜儿苦后甜①。奶娘催逼紧拘钳②，甚是严，越间阻越情忺③。

【注释】

①此二句系当时谚语，其意是说好事总要受到挫折，然后方得美满结里。俭，不足，挫折。

②奶娘催逼紧拘钳：亲娘管束得象钳子似的。奶娘，亲娘。

③越间阻越情忺"（xiān），尽情欢爱。

【赏析】

此曲甚为有名，它传达出少女要冲破封建礼教的束缚，追求自由、美好的爱情的强烈愿望，表达直率，口吻犀利，语言质直有力，颇月古代民歌小调色彩。

"从来好事天生俭，自古瓜儿苦后甜"运用民间俗语，揭示世间普遍规律：任何好事者像瓜儿要先苦后甜一样，历经磨难方能成功。"奶娘催逼紧拘钳，甚是严，越间阻越情忺。"古代少女居于深闺，从小就被家长严加看管，但是人的自然天性，对美好爱情的向往与追求，又哪里是深深庭院能够关得严锁得住？世间事物往往是压抑愈严，反抗愈烈，少男少女的爱情亦如是管束愈严，情思愈烈。外部的压力，只能引发更强烈的逆反心里。"越间阻越情忺"真是道尽了个懊妙与真谛。

〔双调〕沉醉东风

渔夫

【原文】

黄芦岸白苹渡口，绿杨堤红蓼滩头。虽无刎颈交①，却有忘机友。点秋江白鹭沙鸥②。傲杀人间万户侯，不识字烟波钓叟③。

【注释】

①刎颈交：典出《史记·廉颇蔺相如列传》。战国时赵国大将廉颇居功自傲，与蔺相如不和，后在相如忍认团结精神感动下悔悟，二人"卒相与欢，为刎颈之

交"。这里指可同生共死的朋友。

②白鹭沙鸥：典出《列子·黄帝》："海上之人有好鸟者，每旦之海上，从鸥鸟游。鸥鸟之至者百数而不止。其父曰：'吾闻鸥皆从汝游，汝取来吾玩之。'明日之海上，鸥鸟舞而不下也。这是说没有相巧心的人，可以和鸥鸟相亲。李白《江上吟》："仙人有待乘黄鹤，海客无心随白鸥。"陆龟蒙《酬袭美夏首病愈见招》："除却伴谈秋水外，野鹤何处更忘机。"

③烟波的钓叟：在烟波中垂钓的渔翁。唐诗人张志和，号玄真子，自称烟波钓叟，隐居江湖，有《渔父》词五首负盛名。元散曲中写隐居江湖及渔父作品常及他的故事。

【赏析】

此曲表现了无拘无束自由自在生活的渔夫情致，并将其与"万户侯"们作比，肯定乃至歌赞了前者的生活方式与品格情操。这种对立描绘，乃是在作者心中贵族与平民之对立的外在表现，这是何等可贵的胆识与勇气。这也是当部分知识分子反叛传统的心理处化。

〔双调〕庆东原

【原文】

忘忧草，含笑花，劝君闻早冠宜挂。那里也能言陆贾①！那里也良谋子牙②！那里也豪气张华③！千古是非心，一夕渔樵话。

【注释】

①陆贾，汉初谋臣，著有《新书》。《史记》、《汉书》都有传。

②子牙，即吕望，又名姜尚，字子牙。

③张华，西晋大臣，后为赵王司马伦与孙秀所杀。他也是文学家，有《张司空集》已佚，现存有《博物志》一书。

【赏析】

此曲极劝友人且莫贪恋功名富贵，尽早辞官归隐。表现出作者本人超脱、放达的思想，和潇洒的性格。白朴借姜子牙、陆贾、张华等历史人物的遭际，说明元王朝不重人才，英雄无用武之地，不可久恋。此曲内蕴着对友人的深情厚意，语重心长，亦扣击着读者的心扉。

〔双调〕得胜乐

【原文】

红日晚，残霞在，秋水共长天一色^①，寒雁儿呀呀的天处^②，怎生不捎带个字儿来？

【注释】

①"秋水"句：用唐代王勃《滕王阁序》"落霞与孤鹜齐飞，秋水共长天一色"句。

②"寒雁"句：古代有鸿雁传书之说。

【赏析】

这首曲子表现的是作者对远方友人的思念之情。"红日晚，残霞在，秋水共长天一色"，这是一幅绝妙的秋景图：红日向晚，彩霞横天，远处水天相接，溶汇成一片动人的绚丽。一行寒雁从空中掠过，呀呀的叫着向遥远的南方飞去。为什么它一个字的信也不给我捎来呢？这最后一句更加浓了整篇作品的凄苦悲凉。夕阳、残霞、秋水、寒雁，都带有凄艳的美的因子，它们与作者凄凉的心情相互发明，使得本曲成为思人念远之名篇佳构。

〔越调〕天净沙

秋

【原文】

孤村落日残霞①，轻烟老树寒鸦②。一点飞鸿影下。青山绿水，白草红叶黄花。

【注释】

①残霞：晚霞。

②寒鸦：天寒归林的乌鸦。

【赏析】

在元代，以（天净沙）写景，似乎已成为一种艺术表现定势。其中以马致远（天净沙·秋思）影响最大，家喻户晓，堪称绝唱。白朴这首同题之作影响虽不如马作，但亦别有一番情韵，颇值一读。小令开篇，就把一组自然景物很随意地组接与呈现于读者面前：孤村、落日、残霞、轻烟、老树、寒鸦。它们令你感到作者似乎是在用"蒙太奇"手法，——当然彼时并无电影艺术（其实电景艺术手法也是从古代文艺中汲取营养素的）。

"落日残霞"、"老树寒鸦",点明了时间是秋日傍晚,而与"孤村"、"轻烟"相配,便在一片萧瑟之中,给人以静谧与超逸、幽美、淳朴之感,它有如丹青妙手的佳作缥渺、遥远,可望而不可即。每一意象玲珑剔透,整体意象又朦胧如海市蜃楼。它昭示出作者对远离尘世生活的向往与追求,同时又透露着对于作者来说它难以实现的信息。"青山绿水,白草红叶黄花"则由远景变为近景,色彩由清淡转而艳丽,它又表现出作者对于生命和生活的挚爱。如果说前半是对彼岸的向住,那么后半则是在感到彼岸难达之后,在此岸中寻求些许安慰。整篇作品的格调、色彩、构图的前后反差,只要基于这一点而予解说,便可理解。

〔双调〕乔木查

对景（套数）

【原文】

　　海棠初雨歇,扬柳轻烟惹①。碧草茸茸铺四野,俄然回首处,乱红堆雪②。

　　〔幺〕恰春光也,梅子黄时节③。映日榴花红似血,胡葵开满院，碎前宫缬④。

〔挂搭沽序〕倏忽早庭梧坠⑤，荷盖缺⑥。院宇砧韵切⑦，蟑声咽⑧，露白霜结。水冷风高，长天雁字斜，秋香次第开彻⑨。

〔么〕不觉的冰澌结⑩，彤云布朔风凛冽⑪，乱扑吟窗⑫，谢女堪题，柳絮飞⑬。玉砌长效万里⑭，粉污遥山千叠⑮。去路赊，渔叟散⑯，披蓑去，江上清绝。幽闲庭，舞榭歌楼酒力怯⑰，人在水晶宫阙⑱。

〔么〕岁华如流水，消磨尽自古豪杰。盖世功名总是空，方信花开易谢，始知人生多别。忆故园，谩叹嗟，旧游池馆，翻做了孤踪兔穴。休痴休呆，蜗角蝇头⑲，名亲共利切⑳，富贵似花上蝶，春宵梦说㉑。

〔尾〕少年枕上欢，杯中酒好天良夜，休辜负了锦堂风月。

【注释】

①杨柳轻烟惹：杨柳梢头飘升起轻轻的烟雾。惹，升起。

②俄然回首处，乱红堆雪：顷刻之间回首一看，凋落的花瓣堆得像雪一样。

③恰春光也，梅子黄时节：才是春天，又到了夏天的梅子黄熟季节。

④胡葵，又名蜀葵，茎高六七尸，大叶，花有红紫白等色（名见《本草》）。缬（jié 结），彩绸。

⑤倏忽早庭梧坠：忽然间庭院中的梧桐落了叶子。

⑥荷盖缺：荷叶缺残。

⑦院宇砧韵切：人家庭院里的捣衣声，一声紧接着一声。砧（zhēn 真）捣衣石。砧声凄切，李白《子夜呈歌》"长安一片月，万户捣衣声。"沈佺期《古意》"九月寒砧催木叶，十年征戍忆辽阳。"均系写闻砧声的感想。

⑧蝉声咽：蝉的鸣声断断续续有如抽泣。

⑨秋香音次第开彻：秋季开的花儿也依序开过了。彻，到头，完结。

⑩不觉的冰澌结：不知不觉又结了冰。澌（sī 斯），随水流动之冰块。

⑪彤云布朔风凛冽：浓云密布北风寒冷。

⑫乱朴吟窗：风吹到窗上发出阵阵响声。

⑬谢女堪题，柳絮飞：曾被谢家女儿题咏过的雪花像柳絮飞舞。谢女堪题，指谢道韫咏雪之故事。晋人谢安有一天在下雪时，问他的侄儿谢郎："何所似也？"谢朗答道："散盐空中差可拟。"谢安的侄女谢道韫说：未若柳絮因风起。"谢安认为她答的好。

⑭玉砌长郊万里：一望无际的郊野像用玉石砌的那

样洁白。

⑮粉污遥山千叠：层层远山被雪染成一片白色。粉污：雪染。

⑯去路赊，渔叟散：散去的渔翁，走在遥远的路上。赊，遥远。

⑰舞榭歌楼酒力怯：在歌楼舞台饮酒作乐的人，觉得酒没劲还能暖人。

⑱人在水晶宫阙：满天冰雪，使人觉得像在水晶筑的宫殿里。

⑲蜗角蝇头：比喻微小的名利。《庄子·阳则》篇载"有国于蜗之左角者，日触氏，有国于蜗之右角者，日蛮氏，时相与争地而战。"苏轼《满庭芳》词有句"蜗角虚名，蝇头微利。"

⑳名亲共利切：急切地盼望显新扬名获得高官厚禄。

㉑富贵似花上蝶，春宵梦说：富贵像庄周梦蝶似的，也像宋代老妇所说，只不过春梦一场。

【赏析】

这篇套曲是作者对四季景色的咏唱。前四曲写四季之景，后二曲则抒发感触。总的基调，是感到流年易逝，人生易老，人寿苦短，功名富贵犹如庄周梦蝶。这种思想产生的原因很复杂，既有时代的政治的原因，也有个人命运与性格的影响就这篇具体作品而言，主要是渲泄作者对故园遭到元军破坏的悲愤："忆故园，谩叹嗟，旧游池馆，翻做了狐踪兔穴"。这不仅是写历史的变迁动荡，更是写自家的亲身遭遇。他自己确实生母被掠，家园遭毁。在他不要"辜负了锦堂风月"的背后则是地世人追求名缰利索的蔑视。此篇借咏四季，而抒兴亡之叹，并阐发自我人生态度，含蕴丰富。

邓玉宾

邓玉宾（生卒年不详），《录鬼簿》将他列入"前辈名公"中。他早年曾官峄州（今山东枣庄）同知，后入道教，道号玉宾子。故邓玉宾、邓玉宾子为同一人，原来邓玉宾、邓玉宾子是父子两人的传统说法，实误。他的散曲清新脱俗，被明朱权评为"幽谷芳兰"。《全元散曲》共存其小令七首，套数四支。其中邓玉宾名下小令三首，套数四支；邓玉宾子名下小令四首。

〔正宫〕叨叨令①

道　情

【原文】

　　一个空皮囊包裹着千重气②，一个干骷髅顶戴着十分罪。为儿女使尽了拖刀计③，为家私费尽了担山力④。你省的也么哥⑤，你省的也么哥，这一个长生道理何人会⑥？

【注释】

①叨叨令：属正宫调。句式：七七七七、五五七；其中两个五字顺的后三个字"也么哥"为定格，是语尾助词，无义。道情：本为道士曲，多宣扬离情俗。

②空皮囊：指人体皮肉。

③拖刀计：本为古代长柄大刀的一种战法：佯装拖刀败逃，伺机突然回身挥刀杀敌。这里喻指费尽心机。

④家私：家业。

⑤省（xǐng）：醒悟、明白，领会。

⑥长生道理：指出家修道求长生。

【赏析】

这是一道感叹当时现实生活的小曲，有警世劝俗之意。曲子开篇强调了人生之苦，空皮囊装千重气，干骷髅顶十分罪。接着列举为儿女家业吃尽千辛万苦，机关算尽。前四句全用比喻，生动逼真。末三句是戏戒之语，意味深长。全曲语言朴实本色，构思别致。

〔双调〕雁儿落带过得胜令

闲适①

【原文】

乾坤一转丸②，日月双飞箭。浮生梦一场，世事云千变。万里玉门关③，七里钓鱼滩④。晓日长安近⑤，秋风蜀道难⑥休干⑦，误杀英雄汉。看看，星星两鬓斑。

【注释】

①此曲《全元散曲》列为邓玉宾之子作。

②转丸：流转不息的弹丸，这里一喻天地狭小，二喻万物无常。

③万里玉门关：取用东汉名将班超故事：他壮年时投笔从戎，矢志"立功异域以取封侯"，后出使西域，平定匈奴有功，封定远侯；晚年有"但愿生入玉门关"之叹。这里借喻仕途之艰。

④七里钓鱼滩：用严子陵归隐曲故。

⑤晓日长安近：《晋书·明帝纪》：明帝数岁时，长安使来都城建康（今南京市）朝见，明帝父亲元帝问明

帝：你说太阳与长安哪个远？明帝回答："长安近。"次日，元帝宴请群臣，又向明帝提出同一问题，明帝却回答："日近。"理由是："举目只见日，不见长安。"后世因而以"长安日"比喻君王，以"长安近"表示仕途畅达。

⑥秋风蜀道难：李白"蜀道难于上青天"诗意，表示处于逆境。

⑦休干：休要求取官禄。

【赏析】

这是一首感叹人生、抒写心志的曲子。前四句连用四个比喻句从空间、时间、人生、社会四个角度表达诗人对世界的认知。中间四句，连用四个典故，比喻人生的出处进退，一正一反，一进一退，形成强烈对比，引人深思。结句以诗人的出世思想作结。这首曲作法独特，连续使用四组对句，使曲子对仗齐整，韵律和谐，铿锵有力。曲中用典自如，气韵沉雄。否定功名，肯定归隐；而求取功名，如日东升、春风得意也好，如秋风萧瑟、步履维艰也好，到头到，仍不过只落得两鬓斑白，误杀英雄。从而鲜明地肯定了闲适处世的人生态度。

范居中

范居中（生卒年不详），字子正，号冰壶，武林（今杭州）人。居中多才多艺，操琴、书法、乐府俱工。所作散曲大多散失，现仅存套数《秋思》一首。

〔正宫〕金殿喜重重（南北合套）①

秋思（套数）

【原文】

〔金殿喜重重（南）〕风雨秋堂，孤枕无眼，愁听雁南翔。风也凄凉，雨也凄凉，节序已过重阳②。盼归期何期何事归未得？料天教暂你参商③。昼思乡夜思乡，此情常是悒怏④。

〔赛鸿秋⑤（北）〕想那人妒青山愁蹙在眉峰上⑥，泣丹枫泪滴在香腮上，拔金钗划损在雕阑上，托瑶琴哀诉在冰弦上⑦。无事不思量，总为咱身上。争知我懒贪书，

羞对酒，也只为他身上。

〔金殿喜重重（南）〕凄怆，望美人兮天一方，谩想象赋高唐⑧。梦到他行，身到他行⑨。甫能得一霎成双⑩。是谁将好梦都惊破，被西风吹起啼笳⑪。恼刘郎害潘郎⑫，折倒尽旧日豪放。

〔货郎儿⑬（北）〕想着和他相偎厮傍⑭，知他是千场万场，我怎比司空见惯当寻常？才离了一时半刻，恰便似三暑十霜⑮。

〔醉太平（北）〕恨程途渺茫，更风波零瀼⑯。我这里千回百转自徬徨，撇不下多情数桩。半真半假乔模样，宜嗔宜喜娇情况，知疼知热俏心肠⑰。〔尾声〕往事后期空记省，我正是桃叶桃根各尽伤⑱。

〔赚（南）〕终日悬望，恰原来捣虚撇抗⑲。误我一向⑳，到此才知言是谎。把当初花前宴乐，星前誓约，真个崔张不让[㉑]。命该雕丧[㉒]，险些病染膏肓，此言非妄。

〔怕春归（北）〕白发陡然千丈，非关明镜无情，缘悉似个长[㉓]。相别时多，相见时难，天公自主张。若能够相见，我和他对着灯儿深讲。

〔春归犯（南）〕自想，但只愁年华老，容颜改，添惆怅。蓦然平地，反生波浪。最莫把青春弃掷，他时难算风流帐，怎辜负银屏褥朱幌[㉔]？才色相当，两情契合非强[㉕]，怎割舍眉南面北成撇漾[㉖]。

〔尾声（南）〕动止幸然俱无恙，画堂内别是风光，散却离忧重欢畅。

【注释】

①南北合套：此套数采取南北合腔的配套方法。

②节序，即季节的次第。

③料天教暂尔参（shēn）商：料想是老天教暂且分离。暂尔，暂且。参商，两个星宿名，它们出没不会相见，故后人把亲朋不能相见比作参、商二星。

④悒（yì）怏：郁闷忧愁的样子。

⑤赛鸿秋（北）：曲牌名，属北曲。

⑥愁蹙在眉峰上：愁得皱眉头。

⑦"泣丹枫泪滴在香腮上"三句：游子想象情人思念自己的情形：对着秋天枫叶哭泣，泪滴腮边；拔下金

钗，在栏干上一道道地计算着离别的时日；手托瑶琴，用琴声表达自己的悲哀。冰弦，传说由冰蚕丝制作的琴弦，《太真外传》："开元中，中官白季贞自蜀回，得琵琶以献，弦乃拘弥国所贡，绿冰蚕丝也。"

⑧赋高唐：宋玉作有《高唐赋》，后世称男女欢合之处为高唐。

⑨梦到他行，身到他行：梦见他去远游，自己也到他那里和他一起远游。

⑩甫能得一霎成双：才能暂时得以与他成双成对。

⑪啼忱（jiāng）：蝉鸣。忱，寒蝉。

⑫恼刘郎害潘郎：指东汉刘晨，与阮肇入天台山采药，十三日不得返，采山桃而食，下山取水而饮，见有一碗胡麻饮顺水流下，二人觉得离人家不远，就渡水过山，见有妙龄女子二人，阮、刘遂留住此处。半年后，归至家，始知子孙已七世矣！潘郎，指潘岳，晋代文学

家。姿容美丽。

⑬货郎儿：此处系曲牌名。

⑭相偎厮傍：相互依偎。

⑮三暑十霜：三年十载。

⑯风波，指患难。零瀼，飘零。

⑰"半真半假乔模样"三句：写情人平日待他如何意切情深。娇情况，撒娇的样子。俏心肠，美好的心肠。

⑱桃叶桃根各尽伤：游子及其情人如同桃树叶和桃树根一样，分离使各自都受到损伤。

⑲捣虚撒抗：虚情假意，玩弄花招。

⑳误我一向：一直误我。

㉑真个崔张不让：真是不亚于崔莺和张珙。

㉒命该雕丧：命里注定应该遭到不幸。雕丧，花木雕零，此处指情侣分离。

㉓"白发陡然千丈"三句：白头发猛然长有千丈，并非镜子对我无情，只因无限的愁肠使我这样。

㉔银屏绣褥朱幌：镶银的屏风，锦绣的被褥，红色的帷幔。

㉕两情契合非强：两人情意投合不能勉强。

㉖眉南面北成撒漾：冤家对头相互抛充。眉南面北，冤家不能相合。撒漾，抛弃。

【赏析】

这篇《秋思》，写了一位客游他乡的男子对情人纯真的爱，这在将妇女作为玩物的封建社会里难能可贵。它在一定程度上体现出作者的男女平等意识

此作笔法细腻婉曲，对游子的思念之情和复杂的内心世界作了周致的揭示。写游子对情人的思念，不是靠他外在的动作去表现，不亦写景来烘托，而是通过人物心底涌起的波澜和心理变化的有如当今心电图一般准确的记录，将那种苦苦相思的心理律动，传达得毫纤毕至，自然流畅绝无做作。套曲还采用了南北合腔的配套方式，使得作品更富音乐美与节奏感。

王伯成

王伯成（？～1295），涿州（今河北涿县、雄县、固安县一带）人。有《天宝遗事诸宫调》见称于世，今残。著杂剧三种，现仅存《贬夜郎》。

〔中吕〕阳春曲

别情

【原文】

多情去后香留枕^①，好梦回时冷透衾^②，闷愁山重海来深。独自寝，夜雨百年心^③。

【注释】

①多情：指情郎。

②衾（qīn）：被子。

③夜雨百年心：意为别后独寝的心绪，有如百年夜雨，无休无止，绵绵不绝。

【赏析】

此曲以与情郎欢会后乍别女子的口吻，极叙其离愁别绪之重之深。笔笔描述她"独寝"的主观感受，更显真切动人。

李致远

李致远（生卒年不详），元初仇远（1261～1325）有《和李致远君深季才》诗，所和诗之李致远名深，字致远，溧阳（今江苏溧阳）人，生活于元初，与仇远同时，孙楷第《元曲家考略》疑即曲家李致远。他的散曲秀美含蓄，被朱权《太和正音谱》评为"如玉匣昆吾"。《全元散曲》存其小令二十六首。套数四支。

〔双调〕落梅风

【原文】

斜阳外，春雨足①。风吹皱一池寒玉②。画楼③中有人情正苦，杜鹃④声莫啼归去。

【注释】

①足：多。

②吹皱：形容因离别而内心掀起的波澜。寒玉：比拟清凉晶莹的溪水。

③画楼：此处指妇女生活的特殊环境。

④杜鹃：即布谷鸟。

【赏析】

这首小令状写离情。全曲仅五句，前三句再现外在世界，后二句表现内在世界。头两句写景，夕阳西下，春雨丰足。"风吹皱一池寒玉"初看是外在世界的摹写，其实亦是主人公的内心感受，不妨视为过渡句，第四句人物才正式登场："画楼中有人情正苦"。尾句"杜鹃声莫啼归声"，表达了主人公企盼离人早归的殷切之意。结尾处用语含蓄，但却使相思的凄苦，表达得更为深沉。

红绣鞋

晚秋

【原文】

梦断陈王罗袜①，情伤学士琵琶②。又见西风换年华。数杯添泪酒，几点送秋花。行人天一涯。

【注释】

①陈王：指曹植，他最后的封地在陈郡（今河南淮

阳），谥号"思"，故后人称他可为陈思王或陈王。梦断，指从思念的梦中惊醒。

②"情伤"句：化用白居易写《琵琶行》的典故。白居易因上书朝廷议政，被贬为江州（今江西九江）司马。次年秋，送客夜闻琵琶声，因有感于自己与琵琶妇"同是天涯沦落人"，而作《琵琶行》诗，诗的最后写到琵琶妇的不幸遭遇引起作者的强烈共鸣而潸然泪下："座中泣下谁最多？江州司马青衫湿。"情伤，是指曲作者联想到白居易的失意而作《琵琶行》，引起自己伤怀。白居易曾任翰林学士，故称其为"学士。"

【赏析】

中国古人有悲秋伤老心理，曲题《晚秋》意在点明：正是在本已令人伤感的萧瑟暮秋，作者面对自己别家远行，在"天一涯"耗置生命的境遇，而倍增叹老、恨别愁苦之深。

姚守中

姚守中（生卒年不详），洛阳人。曾任平江路吏。著有杂剧三种：《逢萌挂冠》、《立中宗》、《汉太守郝廉留钱》，俱不存，现仅存《牛诉冤》散曲。

〔中吕〕粉蝶儿

牛诉冤（套数）

【原文】

性鲁心愚，住烟村饱谙农务①。丑则丑堪画堪图②。杏花村，桃林野，春风几度③。疏林外红日西晡，载吹笛牧童归去④。

〔醉春风〕绿野喜春耕，一犁江上雨⑤。力田扶耙受驱驰⑥，因为主甘分受苦、苦、苦⑦。经了些横雨斜风，酷寒盛署，暮烟晓雾。

〔红绣鞋〕牧放在芳草岸白苹古渡，嬉游于绿杨堤红蓼平湖，画工描我在远山图。助田单英勇阵⑧，驾老子鼇山居⑨，古今人吟未足⑩。

〔石榴花〕朝耕暮垦费工夫，辛苦为谁乎？一朝染患倒在官衢⑪，见一个宰辅⑫，借问农夫："气喘因何故？"听说罢感叹长吁。那官人劝课还朝去⑬，题着咱名字奏鸾舆⑭。

〔斗鹌鹑〕他道我润国裕民⑮，受千辛万苦。每日向堰口拖船⑯，渡头拽车⑰。一勇性天生胆气粗，从来不怕虎。为伍的是伴哥、王留⑱，受用的是村歌社鼓⑲。

〔上小楼〕感谢中书部，符行移诸处⑳。所在官司，禁治严明，遍下乡都㉑。里正行，社长行，叮咛省谕㉒：宰耕牛的捕获申路㉓。

〔么〕食我者肌肤未肥，卖我者家私不富。若是老病残疾㉔，卒中身亡，不堪耕锄，告本官，送本都，从公发付。闪得我丑尸不着坟墓㉕。

〔满庭芳〕衔冤负屈，春工办足，却待闲居㉖。圈门前见两个人来觑，多应是将我窥图㉗。一个曾受戒南庄上的忻都㉘，一个是累经断北彊王屠㉙，好教我心惊虑。若是将咱卖与，一命在须臾㉚。

〔十二月〕心中畏惧，意下踌躇㉛。莫不待将我衅钟，不忍其觳觫㉜。那思想耕牛为主，他则是嗜利而图㉝。被这厮添钱买我离桑枢㉞，不觑是牵咱过前途㉟。一声频叹气长吁，两眼恓惶泪如珠㊱。凶徒，凶徒㊲！贪财性狠毒，绑我在将军柱㊳。

〔耍孩儿〕只见他手持刀器将咱觑，唬得我战扑速魂归地府㊴。登时间满地血模糊，碎分张骨肉皮肤㊵。尖刀儿割下薄刀儿切，官秤称来私秤上估㊶。应捕人在旁边觑，张弹压先抬了膊项㊷，李弓兵强要了胸脯㊸。

〔二〕却不道"闻其声不忍食其肉"^⑭，剗地加料物宽锅中烂煮^⑮。煮得美甘甘香喷喷软如酥，把从前的主顾招呼。他则道三分为本十分利，那里问一失人身万劫无^⑯。有一等贪餔啜的乔人物^⑰，就本店随机儿索唤^⑱，买归家取意儿庖厨^⑲。

〔三〕或是包馒头待上宾，或是裹馄饨请伴侣。向磁罐中软火儿葱椒焀^㉑，胜如黄犬能医冷^㉑，赛过胡羊善补虚^㉒。添几盏椒花露^㉓，你装的肚皮饱旺，我的性命何辜！

〔四〕我本是时苗留下犊^㉕，田单用过牯^㉖。勤耕苦战功无补^㉖。他比那图财害命情尤重^㉗，我比那展草垂缰义有余^㉘。我是一个直钱底物^㉙，有我时田园开辟，无我时仓廪空虚。

〔五〕泥牛能报春^㉚，石牛能致雨，^㉛耕牛运土遭诛戮。从今后草坡边野鹿无朋友，麦垄上山羊失了伴侣。那的是我伤情处^㉜，再不见柳梢残月，再不见古木昏乌。

〔六〕筋儿铺了弓^㉝，皮儿鞔做鼓^㉞，骨头儿卖与钗环铺。黑角儿做就乌犀带^㉟，花蹄儿开成玳瑁梳^㊱，无一件抛残物。好材儿卖与了靴匠，碎皮儿回与田夫^㊲。

〔尾〕我元阳寿未终^㊳，死得真个屈苦。告你个阎罗王正真无私曲，诉不尽平生受过苦！

【注释】

①住烟村饱谙农务：住在人烟缭绕的农村，熟悉

农活。

②丑则丑堪画堪图：相貌虽丑但可入画。

③杏花村，桃林野，春风几度：在杏花村，桃林的原野，度过几个得意的年头。

④疏林外红日西晡，载吹笛牧童归去：农闲季节，当稀疏的林外红日西斜时，我背上载着吹笛的牧童回村。晡（hū），申时，接近傍晚的时候。

⑤一犁江上雨：冒着春雨在江边耕地。

⑥力田扶耙受驱驰：努力耕田，主人扶把，我被驱使。

⑦因为主甘分受苦：为了主人甘心情愿受苦。

⑧助田单英勇阵：帮助田单勇敢破阵。

⑨驾老子蟇山居：曾驾车送老子到蟇山去住。

⑩古今吟未足：被古今文人吟咏不止。

⑪一朝染患倒在官衢：有一天染上疾病倒在大道。

⑫见一个宰辅：看见一位宰相。宰辅，宰相。

⑬那官人劝课还朝去：那位宰相视察各地回朝去。劝，奖励；课，考核。劝课，到各地奖励农事，考察官员。

⑭题着咱名字奏鸾舆：题着我的名字向皇帝禀奏。鸾舆，即銮舆，皇帝的车子，此处借指皇帝。

⑮他道我润国裕民：那位宰相向皇帝说我能使国家增加财富，人民富足。

⑯每日向堰口拖船：每天向堤坝口拖船。堰（yàn），堤坝。

⑰渡头拽车：向码头拉车。

⑱为伍的是伴哥、王留：作伴的是农村的年轻小伙子。伴哥、王留，元曲中常见的名字。

⑲受用的是村歌社鼓：享受的是农村的民歌和祭祀土地神的音乐歌舞。

⑳感谢中书部，符行移诸处：感谢中书省颁布法令给各地官署。符，法令。移，发文。诸处，指各地官署。

㉑所在官司，禁治严明，遍下乡都：当地官员把严禁屠宰耕牛的法令下达到广大城乡基层。所在，当地。

㉒里正行，社长行，叮咛省谕：里正、社长都行动起来，向乡民传达中书省的告示。里正，相当于旧时乡长。社长，相当于旧时保长。

㉓宰耕牛的捕获申路：抓住宰耕牛的要押送到路里。

申，上报，此处作"押送"解。路，元朝的一级地方政府。

㉔此句至"从公发付"六句，是里正、社长引述法令条例，说如耕牛老病暴卒，或不能耕作，必须报告当地官员，送公家处署。卒中身亡，突然中病而死。

㉕闪得我丑尸不着坟墓：害得我的尸体挨不上坟墓。闪，抛弃，此处系"害"的意思。

㉖衔冤负屈，春工办足，却待闲居：我满怀冤屈，干完了春耕农活，正想休息一下。

㉗多应是将我窥图：多半是来图谋、暗算我。

㉘一个曾受戒南庄上的忻都：一个是曾受过佛教戒律的南庄上忻管家。忻（xīn 新），姓。

㉙一个是累经断北彊王屠：一个是屡次受过判决被流放到北方边疆的王屠户。

㉚须臾，一会儿。

㉛踌躇，犹疑。

㉜待，打算。衅钟，古代的一种祭礼，新钟制成要涂牲畜的血。觳觫（hú sù 胡速），恐惧得发抖。

㉝他，指牛主人。

㉞这厮（sī），这小子。此处指忻都、王屠。桑枢，桑树做的门轴，此处指牛栏。

㉟不觑是牵咱过前途：主人装着看不见让忻都王屠牵着我从他面前的道上走过。

㊱恓惶（xī huáng），害怕。

㊲凶徒：此处指忻都、王屠。

㊳将军柱，此处借指宰牛的桩子。

㊴地府，俗指阴间。

㊵分张，分割开。

㊶估，计算。

㊷应捕人，负责缉捕盗贼的衙役。弹压，县尉属下负责镇压盗贼的武吏。膊项，肩胛部分。

㊸弓兵：巡军中的弓箭手。

㊹《孟子·梁惠王上》载孟子语："君子之于禽兽也，见其生，不忍见其死，闻其声不忍食其肉，是以君子远庖厨也。"

㊺剗（chàn）地，此处是照旧的意思。

㊻一失人身，佛教认为人若今生作恶，来世要被罚作畜牲。万劫无，经过万次劫难仍恢复不了人身。

㊼乔，装模作样。

㊽随机，随意。索唤，指顾客招呼店主表示要买什么样的肉。

㊾取意儿，随意。庖厨，此处指烹调。

㊿炀（wū），盖紧锅盖，以微火焖。

(51)狗肉性热，民间认为吃了能御寒。

(52)胡羊，北方游牧民族养的羊。

(53)添几盏椒花露：添上几杯用花椒浸过的酒。

�54时苗，汉献帝建安年间任寿春（今安徽省寿县）令，上任时用母牛驾车，后来母牛生了个牛犊。离任时将小牛留下，说来时并没有它。

(55)牿：公牛。

(56)勤耕苦战功无补：勤劳耕田，苦战献身，功劳却得不到补尝。

(57)情，罪行情节。

(58)我比那展草垂缰义有余：我比李信纯的狗铺开草救主和苻坚的马垂缰救生还有义气。展草，三国时吴国的李信纯养一条狗，叫黑龙。一天李信纯醉酒睡卧在郊外的草地上，猎人放火烧荒，就要烧到李的身边。黑龙跳进水沟，把全身弄湿，然后跑到李的身边，将李周围的草打湿，李因此获救。垂缰，南北朝时苻坚与慕容冲打仗，苻坚败，滚落山涧，爬不上来，他骑的马跪在涧边，将所系的缰绳垂下去，苻坚抓住缰绳爬上来，脱险。

(59)直，同"值"。底，同"的"。

(60)泥牛能报春：用泥做的牛能预报春天。

(61)石牛能致雨：石牛能招来雨。传说郁林州（今广西郁林县）东南池中有一石牛，天旱时百姓将牛血和泥涂于其上，祈祷后即下雨。

(62)那的是我伤情处：那的确是我伤感的地方。

(63)筋儿铺了弓：用我的筋做弓弦。

(64)鞔（mán），同“蒙”，用牛皮蒙在鼓桶上做鼓面。

(65)黑角儿做就乌犀带：用黑牛角冒充犀牛角做官袍围带。

(66)花蹄儿开成玳瑁梳：劈开牛蹄冒充玳瑁做头梳。

(67)碎皮儿回与田夫：碎皮子反回农村卖给农民。

(68)元，通“原”，本来。

【赏析】

这篇套曲巧用代牛诉冤的形式，替广大劳苦农民发出了激越，悲愤的控诉。作者以隐喻的笔法，让耕牛自诉生前死后的种种悲惨遭遇，活剥了统治集团所谓关心农民疾苦的伪善面貌，抨击了最高统治者与各地地方官吏和地主阶级实质上结为一体对广大农民进行压榨剥削欺压的罪恶现实。

全曲大体共分六部分。第一段写耕牛在太平年间过的平静生活，暗喻农民在政治清明的朝代，还能过上稍微安定的日子。

第二部分两段主要是通过耕牛倾述自己如何为主人奋力耕田的情况，借以诉说广大农民的艰辛。

第三部分用曲折的笔法，揭露当朝宰相和中书省表面上似乎关心农民的疾苦，实际是敷衍塞责，装腔作戏。朝廷向地方颁发禁宰耕牛令，结果地方官吏借机私分牛肉，使耕牛"尸不着坟墓"。农民当然没有获益，反受其害。

第四部分〔满庭芳〕、〔十二月〕两段，借写牛主图财忘义将牛卖给忻都、王屠等人被宰，暗喻地主阶级对农民的迫害。

第五部分从〔耍孩儿〕到〔六〕写牛死后的遭遇。这也正是广大农民种种不幸的折射。

第六部分〔尾〕声，主要是写耕牛死后无处诉冤，正隐喻着农民受尽冤屈去哭诉无门。

此作是当时社会现实的深刻反映。据元史记载，元统治者，实行史无前例的民族歧视政策，对汉族大肆残杀掠夺，农民所受迫害尤甚。地方官吏与地主相互勾结，倚势欺压农民，农民的处境空前悲惨，这在以前的历史中也是少有的。其罪恶罄竹难书。这篇套曲借写耕牛而写农民遭遇，这是一种曲折的反抗方式，这种曲折反抗方式的采用，诚然也与元朝的高压统治相关联。

施　惠

施惠（生卒年不详），字君美，杭州人。一说姓沈。一生未入仕，经商为业，性格豁达，喜笑谈，有《古今砌话》一集。散曲仅存一篇套数。

〔南吕〕一枝花

咏剑（套数）

【原文】

离匣牛斗寒，到手风云助①。插腰奸胆破②，出袖鬼神伏。正直规模③，香檀把虎口双吞玉，鲨鱼鞘龙鳞密砌珠④。挂三尺壁上飞泉⑤，响半夜床头骤雨⑥。

〔梁州〕金错落盘花扣挂⑦，碧玲珑镂玉装束，美名儿今古人争慕。弹鱼空馆⑧，断蟒长途⑨。逢贤把赠⑩，遇寇即除。比莫耶端的全殊⑪，纵干将未必能如⑫。曾遭遇诤朝谏烈士朱云⑬，能回避叹苍穹雄夫项羽⑭，怕追陪报私仇侠客专诸⑮。价孤，世无，数十年是俺家藏物。吓人魂，射人目，相伴着万卷图书酒一壶，遍历江湖⑯。

〔尾声〕笑提常向尊前舞，醉解多从醒后赎，则为俺未遂封侯把他久担误。有一日修文用武，驱蛮静虏⑰，好与清时定边土⑱。

【注释】

①"离匣牛斗寒"二句：出鞘的宝剑使牛斗生寒，在英雄之手，有如风云相助。牛斗，星宿名，即牵牛星和北斗星。据传，晋初张华发现有紫气冲于牛、斗之间，询问雷焕，雷焕答曰：是宝剑的精气，上达于天。

②插腰奸胆破：插在腰间，奸臣贼子见了要吓破胆。

③正直规模：即规模正直，其意是说，宝剑要用来主持正义。

④香檀把，剑柄用香檀木制成。虎口双吞玉，手持剑柄的虎口两侧镶嵌着玉石。鲨鱼鞘，用鲨鱼皮做的剑

鞘。龙鳞密砌珠，鲨鱼皮上的鱼鳞痕如同砌满了珍珠。

⑤挂三尺壁上飞泉：宝剑挂在壁上，发出寒光，如同飞泉。古时剑的长度三尺，故以"三尺"代指剑。

⑥响半夜床头骤雨：半夜宝剑发出声响，如同急风骤雨。《佩文韵府》引《世说》云："王子乔墓在京陵，战国时，有盗发之，无所见，唯有一剑，欲进取之，剑作龙鸣虎吼，遂不敢进。"

⑦金错，用黄金镶嵌花纹等物叫金错。

⑧弹鱼空馆：战国冯谖故事，后人每引之以比贫乏有所希求的人。

⑨断蟒长途：相传，刘邦做泗水亭长时，曾遇一巨蟒挡道，刘邦乘着酒兴仗剑斩大蟒于道中。

⑩逢贤把赠：春秋时，季札有一口稀

世宝剑，有一次他路过徐国，徐国君对他的宝剑赞赏不已，待季札使鲁归来路过徐国时，想将剑送给徐君，不料徐君已死，季札将剑挂在徐君墓旁树上。

⑪比莫耶端的全殊：比莫耶剑更好。端的，的确、确实。全殊，大不一样、特出。

⑫纵干将未必能如：干将，战国时吴国的铸剑名手，他铸的剑即名"干将"。

⑬曾遭遇诤朝谗烈士朱云：汉成帝时奸相张禹当权，槐里令朱云上书，愿借上方剑斩张禹之头，成帝大怒，欲杀朱云，令御史将朱云拖下，朱云用手拉住殿前栏干，栏干折断，并大呼："臣得下从龙逢、比干游于地下足矣！"朝谗，朝中说旁人坏话的大臣。

⑭能回避叹苍穹雄夫项羽：项羽名籍，少年时有奇才，力能扛鼎。随同叔父项梁举兵反秦，率诸侯师入关，自称西楚霸王。后与刘邦争天下，为刘邦所败，自刎而死。

⑮追陪，追随效法。专诸，春秋时吴国人。吴公子光想杀吴王僚，专诸将匕首藏在鱼腹中，借宴会献鱼之机，将吴王僚刺死，专诸也被杀。

⑯遍历江湖：走遍江湖。

⑰蛮：指异族。虏，此处泛指敌人。

⑱清时：政治清明的时候。

【赏析】

　　此作以高亢的激情，极赞宝剑的神奇威力，借此而抒发作者自身的高尚情操和壮烈情怀。这篇套曲还表达了除寇定边的爱国主义思想，颇有积极意义。此作有较大的文化含量。壮士许国的情怀历来是民族精英的理想人格的表现，历史上绝不鲜见。故而此作方征博引，给我们展示了一个英烈画廊，使我们有如读中华民族英雄史。在艺术上，此作结构完美，章法谨严，特别是物我同一，人剑合流，以剑之光，闪射着无限的精神光采，使人心中永亮。

白　贲

　　白贲（生卒年不详），大约生于元贞年间。字于咎，祖籍太原，后迁居杭州。官至文林郎南安路总管府经历。善画、散曲，现存小令两首，套曲三套，残曲两段。

〔正宫〕鹦鹉曲

【原文】

侬家鹦鹉洲边住①，是个不识字渔父②。浪花中一叶扁舟，睡煞江南烟雨。〔么〕觉来时满眼青山暮③，抖擞着绿蓑归去。算从前错怨天公④，甚也有安排我处⑤。

【注释】

①侬：我。鹦鹉洲，在今武汉市汉阳西南长江中。

②父：对老年男子的称呼，同"翁"。

③觉来时满眼青山暮：醒来时满眼青山都染上了暮色。

④算从前错怨天公：算我从前错怨了天老爷。

⑤甚也有安排我处：甚，此处做"是"讲，张炎《南浦》词咏春水"和云流出空山，甚年年净洗花香不了。"甚即作"是"字讲。这句曲是指天公安排他作了渔父。

【赏析】

此曲从表面上看，似乎是礼赞隐逸生活，实则是抒发怀才不遇的愤懑。开头即说自己是不识字的渔父，即为颇含愤懑情绪的反语。这和白朴在〔沉醉东风〕《渔父》中自称"不识字烟波钓叟"如出一辙。以下所描绘的自由自在的渔父生活，亦可作如是观。全篇最后两句，对此就作出了明白的昭示。"算从前错怨天公"的"算"字，是习用的勉强承认的词。"错怨天公"何事作者没有明讲，但我们可体察出其所怨乃是天公没有给他安排一个能够发挥才能的地位。"甚也有安排我处"亦并非从心里表示满意。此处"甚"字，也是带有勉强承认的语气，实质是对天公的安排，极大不满，暗含着怀才不遇的怨怼。这种情绪，在元代一般汉族文人中普遍存在。当时，在民族歧视政策的铁篱下，汉族文士不可能人尽其材。白贲自然亦如是，只是作些地方小官，且为时短暂。这支曲曾广为传诵，乃是因为他抒发的情绪，道出了当时一般文士共有的心声。

贯云石

　　贯云石（1286～1324），字浮岑，号酸斋，维吾尔族人。曾任翰林侍读学士。后弃官隐居，卖药于钱塘市中。所作散曲，多写诗酒逸乐生活和男女风情。今存小令七十九首，套数八篇。

〔双调〕寿阳曲

【原文】

新秋至，人乍别①，顺长江水流残月。悠悠画船东去也②，这思量起头儿一夜。

【注释】

①乍：忽然。

②悠悠：遥远的样子。

【赏析】

新秋刚到，离人作别，月夜江水，离愁满溢；悠悠画船，独自东去。冷落孤寂之景，增添了几多凄凉的离愁别绪。而这还只是开头的第一夜呵！以后将是无数的夜，无尽的相思，末句最是含蓄悠远，造成了延宕的审美效果，所谓言有尽而意无穷。

〔双调〕清江引

【原文】

竞功名有如车下坡，惊险谁参破^①？昨日玉堂臣^②，今日遭残祸，争如我避风波走在安乐窝^③。

【注释】

①参（cān）破：佛家语，其意即看得破。

②玉堂：汉代官殿的名称。《史记·孝武纪》"泰液池南有玉堂"。此处指翰林院。

③争：同"怎"。这句的意思是说辞去了易遭风险的官职，回到了安全之地。

【赏析】

此曲系作者辞官后所写。同调曲有三首。从这一首来看，他辞官是因为看透了"昨日玉堂臣，今日遭残祸"。而从另一首曲"醒了醉还醒，卧了重还卧"来看，其辞官的思想亦有反复与斗争，最初也有留恋之意，最后才下定决心"弃微名去来心快哉"。当时一个处于高等民族地位的官员，尚总感到"昨日玉堂臣，今日遭残祸"的危险，于此可见元朝上层统治集团之间也存在着激烈的矛盾与倾轧。

这支曲正是当时此种政治现实的深刻反映。

〔双调〕殿前欢

无题

【原文】

楚怀王，忠臣跳入汨罗江。《离骚》读罢空惆怅，日月同光，伤心来笑一场，笑你个三闾强。为甚不身心放？沧浪污你，你污沧浪。

【赏析】

在这首曲中，作者凭吊楚三闾大夫屈原，称其名著《离骚》可与日月同光。

但作者又批评他不必跳水，"沧浪污你，你

污沧良浪"。表现了他比屈原更为积极的人生态度。

〔正宫〕小梁州

秋①

【原文】

芙蓉②映水菊花黄,满目秋光。枯荷叶底鹭鸶③藏。金风荡,飘动桂枝香。〔幺〕雷峰塔④畔登高望,见钱塘一派长江⑤。湖水清,江潮漾。天边斜月,新雁⑥两三行。

【注释】

①秋:这是贯云石写杭州景物的〔正宫〕小梁州的一首小令。此外尚有《春》、《夏》、《冬》。

②芙蓉:莲(荷)。

③鹭鸶:鸟名。

④雷峰塔:遗址在今杭州市西湖南夕照山上。

⑤钱塘江:旧称浙江。

⑥新雁:初从北方飞来的雁阵。

【赏析】

贯云石晚年隐居于杭州。他对风光秀丽的杭州怀有深厚感情。吴梅在《顾曲麈谈》中说"其在钱塘日，无日不游西湖"。他写的〔正宫〕小梁州一组散曲，绘制了西湖风光的长卷，极尽西湖四时风光之美。《春》、《夏》色调自然偏暖，《秋》则明显有别，其所描绘的乃是一个略显善意的清爽、沉静的境界。其深层则是其淡泊名利、飘然出世的思想。

其笔下所展现的是：西湖亭亭玉立的芙蓉，静静地觅食的白鹭。菊花怒放，满目秋光，金风习习，桂香送爽。

登上雷峰塔畔极目远眺，只见钱塘波涌，一派长江大河气象。湖水清澈，江潮滚动，天边已挂斜月，两三行新雁掠过空中。此曲所择取的景物和意象，都极富秋之神韵，作者又能并将自己情感灌融其中，使得情景合一，加大了情的深度与景的厚度。文字简洁，讲求节奏，读来朗朗上口，故而四处传唱，流布甚广。

〔中吕〕红绣鞋

欢情①

【原文】

挨着、靠着云窗②同坐，偎着、抱着月枕③双歌，听着、数着、愁着、怕着早四更④过。四更过情未足，情未足夜如梭。天那，更闰⑤一更儿妨甚么！

【注释】

①残本《阳春白雪》无题。《乐府群珠》题为《欢情》较贴切，故用之。

②云窗：朦胧如云的窗子。

③月枕：月光之下的枕头。

④四更：旧时一夜分作五个更次。三更是午夜，四更则临近天明了。

⑤闰：公历有闰年。农历有闰月。岁之余为"闰"。更次当然没有"闰"之说，此处是恋人欢会尤恐夜短才想"闰一更"。

【赏析】

此曲的叙述者或说抒情主人公乃是一位年轻女子。开篇一连叠用八个"着"字，生动别致，真实地表达了恋人难得相会，春宵一刻值千金的急切心情。他们似乎不是已婚夫妇，也不是常能相见的恋人。所以才有诸多的热烈动作，而且又有听、数、愁、怕时间飞逝的心理状态。"四更过情未足，情未足夜如梭"，"情未足"的重复，更加重了恋人们的急切与恐惧。越怕时间快，时间过得愈快，五更将至。这位女子竟然发出了："天那，更

闰一更儿妨甚么!"的呼喊。她要改地换天,全是一片痴
情使然。如此歌赞男女欢爱,尤其是女性的热烈与大胆,
实是鲜见。

〔双调〕折桂令

送春

【原文】

　　问东君何处天涯①?落日啼鹃②,流水桃花。淡淡遥
山,萋萋芳草,隐隐残霞。随柳絮吹归那答③?趁游丝惹
在谁家④?倦理琵琶⑤,人倚秋千,月照窗纱。

【注释】

　　①东君:春之神。

②啼鹃：啼叫的杜鹃。

③那答：那地方。

④趁：追赶。游丝：蜘蛛之类所吐的丝。庾信《春赋》："一丛香草足碍人，数尺游丝即横路。"惹：牵住。张先〔减字木兰花〕《咏舞》词："只恐惊飞，拟倩游丝惹住伊。"

⑤理：抚弄。

【赏析】

这首小令以春夏之交的傍晚的许多景物，烘托一位青年女子的怅惘情绪。

作品开篇即问：主宰春天的神你到天边何处去了？这晨只剩下西下的落日和啼叫的杜鹃，以及漂流桃花的溪水。远山淡淡，芳草茂密，残霞隐约。这些都是描绘春天的景物，但它在一个满腹哀怨的女子眼中却失去了明媚，染上了伤愁：黄昏落日，杜鹃叫着"不如归去"，桃花凋零，流水无情；青山迷蒙、芳草萋萋，残霞隐隐。春天不能催生春情，却只令人黯然神伤。接着，主人公

进一步发问：我的青春与生命：随着柳絮被风吹到哪里去呢？追着空中的游丝挂到谁家呢？她沉入于深深的愁闷之中，连琵琶也懒得弹拨，喜欢荡的秋千也荡不起来了。不知不觉间，月亮已照在窗纱上。

这首小令文雅、含蓄、沉静，写尽了一位思春的青年女子的哀愁，但格调却健康明朗。

全曲善用对偶句、鼎足对，加强了情感的表达深度。

〔正宫〕醉太平

【原文】

长街上告人。破窑里安身。捱的是一年春尽一年春。谁承望眷姻。红鸾来照孤辰运，白身合有姻缘分。绣珠落处便成亲，因此上忍着疼撞门。

【赏析】

作者表现出以彩球来决定婚姻的荒谬，它给青年带来巨大的痛苦，他们不得不"忍着疼撞门"。这也昭示出作者强烈的反封建意识。词语粗犷有力，音韵真纯得体，契合着作者反封建的猛烈与追求自主婚姻的感情的纯真。

睢景臣

　　睢景臣（生卒年不详），字景贤，钟嗣成说他："自幼读书，以水沃面，双眸红赤，不能远视。心性聪明，酷嗜音律。"所作杂剧《千里投人》、《莺莺牡丹记》、《楚大夫屈原投江》三种，皆不传世，散曲仅存三篇套数和极少数残曲。

〔般涉调〕哨遍①

高祖还乡② （套数）

【原文】

　　社长排门告示③：但有的差使无推故④。这差使不寻

俗⑤，一壁厢纳草除根，一边又要差夫。索应付⑥，又言是车驾，都说是銮舆⑦，今日还乡故⑧。王乡老执定瓦台盘，赵忙郎抱着酒葫芦⑨。新刷来的头巾⑩，恰糨来的绸衫⑪，畅好是妆么大户⑫。

〔耍孩儿〕瞎王留引定伙乔男女，胡踢蹬吹笛擂鼓⑬。见一彪人马到庄门⑭，劈头里几面旗舒⑮。一面旗白胡阑套住个迎霜兔⑯，一面旗红曲连打着个毕月乌⑰。一面旗鸡学舞⑱，一面旗狗生双翅⑲，一面旗蛇缠葫芦⑳。

〔五煞〕红漆了叉㉑，银铮了斧㉒，甜瓜苦瓜黄金镀㉓。明晃晃马蹬枪尖上挑㉔，白雪雪鹅毛扇上铺㉕。这几个乔人物，拿着些不曾见的器仗，穿着些大作怪衣服㉖。

〔四煞〕辕条上都是马㉗，套顶上不见驴㉘，黄罗伞柄天生曲㉙。车前八个天曹判㉚，车后若干递送夫㉛。更几个多娇女㉜，一般穿着，一样妆梳。

〔三煞〕那大汉下的车，众人施礼数㉝，那大汉觑得人如无物㉞。众乡老展脚舒腰拜㉟，那大汉那身着手扶。猛可里抬头觑㊱，觑多时认得，险气破我胸脯。

〔二煞〕你须身姓刘，你妻须姓吕㊲，把你两家儿根脚从头数㊳：你本身做亭长耽几盏酒㊴，你丈人教村学读几卷书。曾在俺庄东住，也曾与我喂牛切草，拽坝

2052

扶锄⑩。

〔一煞〕春采了桑㊶，冬借了俺粟，零支了米麦无重数㊷。换田契强秤了麻三秤㊸，还酒债偷量了豆几斛㊹。有甚胡突处㊺？明标着册历㊻，见放着文书㊼。

〔尾〕少我的钱差发内旋拨还，欠我的粟税粮中私准除㊽。只道刘三谁肯把你揪捽住㊾？白甚么改了姓更了名唤做汉高祖㊿！

【注释】

①哨遍：曲牌名。

②高祖，指汉高帝刘邦。

③社长，一社之长，相当于后代的村长，顾况《田家》："县帖取社长，嗔怪见官迟。"排门，挨家逐户。

④但有的差使无推故：凡是一切差使都不能借故推托。但有的，凡是有的。

⑤不寻俗：很重大。

⑥"一壁厢纳草除根"三句：一面要交纳去了根的草，一面还要出劳役，一切都得要应付。索，须。

⑦銮（luán）舆（yú）：此处指帝王所乘的车。

⑧还乡故：即还故乡。

⑨乡老，汉代以年高有德的乡民为乡老。瓦台盘，陶制的托盘。忙郎，好事的少年。

⑩刷，法。

⑪糨（降 jiàng）：衣物洗过后打一层米汁在上面叫"糨"。

⑫畅好是，真正是、简直是。妆么，装模作样。大户，大户人家。

⑬男女，指一伙人，并非是"有男有女"。胡踢蹬，胡乱来、胡闹。

⑭一飚（丢 diū）：一伙、一队。

⑮劈头，当头。舒，舒展、飘扬。

⑯白胡阑，白色的环。迎霜兔，玉兔。

⑰红曲连，即红圈，曲连的合音就是"圈"。毕，指毕宿，为我国古代天文中二十八宿之一，即白虎七宿之第五宿，为金牛星座。乌，古代传说日中有三足乌，故称太阳为"乌"，《淮南子》："日中有踆乌。"注云："三足乌也，因以谓日。"

⑱鸡学舞：此处指凤凰旗，这位农民把它当作鸡学舞了。

⑲狗生双翅：此处指飞虎旗，这位农民误把飞虎当成是狗生双翅了。

⑳蛇缠葫芦：此处指龙戏珠旗，这位农民误认为是一条蛇缠住一只葫芦。

㉑红漆了叉：此处指画戟。

㉒银铮了斧：镀银的斧。

㉓甜瓜苦瓜黄金锤：指金瓜锤。这位农民不懂得仪仗用品，都用自己的理解来给这些器物胡乱命名。

㉔明晃晃马蹬枪尖上挑：指朝天镫，形状如同马镫挑在枪尖上。

㉕白雪雪鹅毛扇上铺：雪白的鹅毛宫扇。

㉖大做怪衣服：非常怪异的服装。

㉗辕条：即车辕。

㉘套顶，牲口脖子上的套包。

㉙黄罗伞柄天生曲：曲柄的黄罗伞。

㉚天曹判：天府的判官。

㉛递送夫：前后奔走伏侍的人。

㉜多娇女：指宫女。

㉝施礼数：向皇帝刘邦叩头行礼。

㉞觑（qù）的人如无物：眼中无人。

㉟展脚舒腰拜：叉开脚弯下腰跪拜。

㊱猛可里：猛然间。

㊲你身须姓刘，你妻须姓吕：汉高帝姓刘，他的妻子姓吕。

㊳根脚从头数：把根底从头数到末。根脚，根底、

底细。

㊴亭长，秦朝的地方小吏。耽，嗜好。

㊵拽（zhuài）坝（bà）扶锄：耙田锄地。

㊶春采了桑：春天采摘了桑叶。

㊷零支，零碎的支借。无重数，数不清。

㊸换田契强秤了麻三秤：换田契时勒索户主强秤了三秤麻。

㊹斛（hú）：量器名，古时以十斗为一斛，后改五斗为一斛。

㊺胡突：即胡涂。

㊻册历：账册。

㊼见，通"现"。

㊽"少我的钱差发内旋拨还"二句：欠我的钱在以后摊派的官差税收内扣还，欠我的粮在税粮里扣除。差发，摊派的官差税收。

㊾只道，犹则道、有道是。刘三，指汉高祖刘邦。揪摔，即揪住。

㊿白什么：为什么凭白无故地。

【赏析】

这篇套数依据历史素材，经过艺术加工，把汉高祖刘邦还乡时耀武扬威的情景和他昔日的无赖相作了对比刻划，对这位流氓皇帝进行了无情讽刺与鞭挞，剥下了封建最高统治者神圣的外衣。

在封建社会中，皇帝享有至高无上的权力，人们只能匍伏在他的脚下，不能有半点亵渎。套曲《高祖还乡》对这一传统进行了大胆的反叛，以惊人的胆识，借乡民之口吻，向最高统治者宣战。

需要指出的是，虽然写的是汉高祖刘邦，却植根于元代社会。因而具有强烈的现实针对性。钟嗣成在《录鬼簿》里写道："维扬诸公俱作高祖还乡套数，惟公（睢景臣）〔哨遍〕制作新奇，诸公者皆出其下。"《高祖还乡》构思精巧，情节曲折，语言泼辣，大量运用新鲜活泼的口语，不独对塑造人物起了很大的作用，同时使作品的生活气息极为浓郁。

周文质

周文质（？～1334），字仲彬，祖籍建德（今浙江省建德县）人，后移家杭州。学问渊博，文笔新奇。善丹青，能歌舞，明曲调，谐音律。著有杂剧四种，皆不传。散曲有小令四十余首，套数五套。

〔越调〕小桃红

咏桃

【原文】

东风有恨致玄都①，吹破枝头玉②，夜月梨花也相妒③。不寻俗④，娇鸾彩凤风流处⑤。刘郎去也，武陵溪上⑥，仙子淡妆梳。

【注释】

①玄都：本指传说中神仙居住之地，《海内十洲记》："玄洲在北海中，上有太玄都，仙伯真公所治。"此处乃指玄都观，系唐代长安城郊的道士庙，刘禹锡《游玄都观戏赠看花诸君子》："玄都观里桃千树，尽是刘郎去后栽。"

②吹破枝头玉：东风吹得桃花绽蕾开放。

③夜月之下，浩白的梨花也要妒忌了。

④不寻俗，不寻常。

⑤娇鸾彩凤风流处：繁茂的桃花正如同鸾凤一样彩色缤纷、风姿摇曳。

⑥武陵溪：陶潜《桃花源记》中所描述的桃花源。

【赏析】

　　此曲是一首吟咏桃花的佳构。唐代著名诗人刘禹锡
写过《游玄都观戏赠看花诸君子》诗：“紫陌红尘拂面
来，无人不道看花回。玄都观里桃千树，俱是刘郎去后
栽。”其实质是借写桃花，而对那些新得势的权贵进行讽

刺，以抒发诗人对自身遭遇的愤懑。周文质的这首《咏桃》曲则是对刘诗的发挥，并赋予"桃花"新的内涵。此曲活用典故，即景抒情，不独精心绘制桃花吐红之景，而且寄寓着作者对正直之士的敬仰与爱慕。语言隽永，比喻活泼，风格清朗。

〔越调〕寨儿令

【原文】

　　鸳枕①孤，凤衾②余，愁心碎时窗外雨。漏断铜壶，香冷金炉③，宝帐暗流苏④。情不已心在天隅⑤，魂欲离梦不华胥⑥。西风征雁远，湘水锦鳞无⑦，吁，谁寄断肠书？

【注释】

　　①鸳枕：绣有鸳鸟的枕头。

　　②凤衾：绣有凤鸟的被子。

　　③漏：古代计时器。

　　④流苏：帐上的饰物——下垂的穗子。因夜深天黑，故曰"暗流苏"。

　　⑤天隅：天边。

⑥华胥：传说中国名，此处指梦境。

⑦征雁：长途飞行的雁。

【赏析】

这是一首写离情的小曲，情真意切，感人至深。

全曲可分为四个层次。第一层开头三句，写思妇独卧的凄清。原来与情人并头而眠，鸳枕成双，双栖凤衾；而今情人远离，枕衾清冷。更加上夜雨不停，令人不胜悲伤，愁肠寸断。铜壶里的漏声已断，金炉里的香火已灭，帐子上的流苏也看不清，但依然愁肠百转，难以成眠。这是第二层，也是三句。下边七、八两句是第三层。前一句说自己情意难断，被情人牵往天涯海角；后一句是说，欲效倩女离魂，可是难成美梦。最后想把绵绵情思写成书信，但无从寄递，更令人肝肠寸断。此篇婉曲、细腻，对思妇的心理律动把脉得十分准确，因之能极富层次感地给予表现。诚为佳构。

〔双调〕折桂令

过多景楼

【原文】

滔滔春水东流。天阔云闲，树渺禽幽。山远横眉，波平消雪，月缺沉钩。桃蕊红妆渡口，梨花白点江头。何处离愁？人别层楼，我宿孤舟。

【赏析】

此曲让离愁与孤舟相互发明，使得景物染上浓情，感情又赋形于景物，从而使得作品极为厚重。语言简洁，极易上口。

赵禹圭

赵禹圭（生卒年不详），字天锡，汴梁（今河南省开封）人，曾任镇江府判。著有杂剧两种，已佚，散曲仅有小令七首遗世。

〔双调〕蟾宫曲

题金山寺^①

【原文】

　　长江浩浩西来^②，水面云山，山上楼台。山水相辉，楼台相映，天与安排^③。诗句就云山动色^④，酒杯倾天地忘怀。醉眼睁开，遥望蓬莱^⑤，一半烟遮，一半云埋。

【注释】

　　①金山寺：金山位于镇江市西北，山上有寺，即金山寺。

　　②长江浩浩西来：浩浩的长江由西向东滚滚流来。

　　③天与安排：老天做的安排。

　　④诗句就云山动色：诗句是因云山景色动人而写就的。

　　⑤蓬莱：古代传说中的仙岛，《史记·秦始皇本纪》："海中有三神山，名曰蓬莱、方丈、瀛洲"。

【赏析】

　　金山寺又名"江天寺"。作者曾作过镇江府判，对镇江一带的风光山水颇为熟悉。因此能将这首《题金山寺》写得"诗中有画，画中有诗"。而故周德清在《中原音韵》中说《题金山寺》曲"称赏者众"。"诗句就云山动色"句简直可视为关于文学创作原理的警句。

〔双调〕风入松

忆旧

【原文】

怨东风不到小窗纱，枉辜负荏苒韶华①。泪痕洇透香罗帕，凭阑干望夕阳西下。恼人情愁闻杜宇②，凝眸处数归鸦。

【注释】

①荏苒：形容时间渐渐过去。韶华：美好的春光。

②杜宇：即杜鹃鸟。

【赏析】

这是一首写相思之情的闺怨曲。题目曰"忆旧"，颇有空灵之感。

先写怨恨的心情：春风吹不到我的纱窗。情人远离，使我良宵虚度，"枉辜负荏苒韶华"。思念情人，整日以泪洗面，湿透罗帕。凭栏望远，疑目夕阳，不禁伤心落泪。杜鹃的鸣叫，使闺中怨妇更加愁苦；乌鸦归巢，更使我怨恨那不归的离人；人不如鸦，使我相思得好苦。

此曲虽短，但写得极富层次感，有条不紊，刻画细腻，耐人咀嚼。

王元鼎

王元鼎（生卒年不详）。与阿鲁威同时，官翰林学士。他与大都歌妓顺时秀过往密切，从《青楼集》的相关文字，可知乃风流倜傥之士。其散曲典丽流美，词皆工。《全元散曲》存其小令七首，套数二支。

〔正宫〕醉太平

【原文】

花飞时雨残，帘卷处春寒。夕阳楼上望长安，洒西风泪眼①。几时睡彻凄惶限②？几时盼得南来雁③？几番和月凭阑干！多情人未还。

【注释】

①"洒西风"句：眼泪洒在西风里。

②"几时"句：什么时候才能结束这种凄凄惶惶翘首凝盼的日子？睚（yá）：原意为瞪眼睛，睚彻，意为结束眼睁睁的翘首凝盼。

③雁为候鸟，南来北往有定时，古人因此常把书札绑在雁足之上，借以寄信。王勃《采莲曲》诗云："不惜西津交佩解，还羞北海雁书迟"。

【赏析】

这也是一首表现闺怨的佳作。正当乍暖还寒的早春，一场时雨刚刚摧得落花满地。西风残照，一位少妇登楼远望长安，见不到心上人的身影，心中悲楚，眼泪夺眶而出。日复一日，年复一年，登楼远眺，带来几多辛酸？然而还要继续：情人始终未还！

鼎足对："几时睚彻凄惶限？几时盼得南来雁？几番和月凭阑干！"更强化了对女主人公痴迷心态的表现力。

需要指出，作者让这位女主人公遥望的，乃是历朝首都长安。表明，她的丈夫或恋人是为了猎取功名，而把她抛撇的。这就使得这首小令的思想蕴含上升为，对于"青云万里早驰骤，金榜无名誓不归"这类封建社会传统价值观念的否定与批判，因之，作品的价值也就远在其他诸多闺怨母题作品之上。

〔越调〕凭阑人

闺怨

【原文】

垂柳依依惹幕烟，素魄娟娟当绣轩。妾身独自眠，月圆人未圆。

【赏析】

此首亦写少妇思夫，虽亦感人，但不如前篇。

赵善庆

赵善庆（？～1345后），字文宝，饶州乐平（今江西德兴县）人。做过小官，任阴阳学正。著杂剧《教女兵》等八种，今皆不存。词散曲俱工。

〔中吕〕普天乐

江头秋行

【原文】

稻粱肥，蒹葭秀①。黄添篱落，绿淡汀洲②。木叶空，山容瘦。沙鸟翻风知潮候③，望烟江万顷沉秋。半竿落日，一声过雁，几处危楼④。

【注释】

①稻粱：稻谷和高粱，此处泛指庄稼。肥：丰硕，

喻丰收在望。蒹葭（jiān jiā）：芦苇。秀：开花吐穗。

②落，院落、村落。汀洲，水中小洲。

③沙鸟：指海鸥、沙鸥，此处泛指在江河湖海边生活的鸟类。

④几处危楼：几处高耸的楼阁。危，高耸之状。

【赏析】

这是一幅清朗明丽的秋景图：稻谷和高粱长得繁茂苗壮，芦苇也已秀穗。院墙篱笆，已逐渐被收获庄稼的黄色所装饰；江中小洲，也淡去了绿色。树叶飘零，植被稀薄，山容显瘦沙鸥在水面翻飞，似乎在报知潮涨潮落，烟雾迷蒙，秋色更显深沉。一声过路的雁鸣，打破了秋野的寂静，作者翘首一望，夕阳业已半竿。四周的几栋楼阁，在渐次浓重的暮色的衬托下，却显得更加高耸。作者的视线有如摄影机那样对秋景进行扫描，有全景，有局部，甚至有特写镜头（最后一句），极富层次感与立体感。

〔中吕〕山坡羊

长安怀古

【原文】

骊山横岫，渭河环秀①，山河百二还如旧②。狐兔悲，草木秋③；秦宫隋苑徒遗臭，唐阙汉陵何处有④？山，空自愁；河，空自流。

【注释】

①"骊山"二句：骊山峰峦横亘；渭河环流，一片秀丽。

②"山河"句：险要的山川形势依然未改。《史记·高祖本纪》云："秦，形胜之国，带河山之险，县隔千里，持戟百万，秦得百二焉。地势便利，其以下兵于诸侯，譬犹居高屋之上建瓴水也"。

③"狐兔"二句：狐兔伤心，草木悲秋，都在哀叹古都的荒凉。

④"秦宫"二句：秦始皇的离宫，隋炀帝的上林苑，徒然留下臭名；唐朝的宫阙，汉帝的陵墓，哪里还有？

【赏析】

这是一首咏史小令。"骊山横岫，渭河环秀，山河百二还如旧"，居高临下地鸟瞰了长安的险要形势和壮丽风光。紧接着，作者直奔主题："狐兔悲，草木秋；秦宫隋苑徒遗臭，唐阙汉陵何处有？"秦始皇、隋炀帝这些暴君役使人民修建起来的离宫、上林苑，早已不复存在，只是留下一个骂名；汉陵唐宫阙又在哪里？留下的岂不就是衰败的草木和哀哀狐兔吗？最后，以"山，空自愁；河，空自流"八字作结。写得含蓄朦胧：初看起来，这似乎是写山河对历史变革的无奈，为曾有过的辉煌叹惜；但细一思之，乃是"尔曹身名俱裂，不废江河万古流"的变奏：这是作者写作此曲的基本思想立场决定的。作品语言刚劲有力，结构严谨、简洁，极富激情，所以广为流传。

〔双调〕折桂令

西湖

【原文】

问六桥何处堪夸①？十里晴湖，二月韶华②。浓淡峰峦③，高低杨柳，远近桃花。临水临山寺塔，半村半郭人家④。杯泛流霞⑤，板撒红牙⑥，紫陌游人⑦，画舫娇娃⑧。

【注释】

①六桥：在西湖苏堤上。

②二月韶华：二月美好的春光。

③浓淡峰峦：峰峦起伏、色彩浓淡有致。

④半村半郭人家：既像农村又像城市的住户。

⑤流霞，仙酒，《抱朴子·祛惑》："项曼都入山学仙，十年而归，家人问其故，曰：'有仙人但以流霞一杯与我，饮之辄不饥渴'。"

⑥红牙：打节拍的牙板，以红色檀木制成，故名红牙。

⑦紫陌：万紫千红的小路。陌，田间小路。

⑧画舫娇娃：华丽的游船和划船的美女。

【赏析】

此曲描写西湖初春美景。作者善于抓住最富特征的景物精心描绘，写得具体而又生动，西子湖畔的峰峦、桃花、杨柳、塔、寺等均扑面而来，游人与娇娃更是呼之欲出。此曲语言质直，风格明快。

〔双调〕水仙子

仲春湖上①

【原文】

雨痕著物润如酥②，草色和烟近似无③，岚光罩日浓如雾④。正春风啼鹧鸪⑤，斗娇羞粉女琼奴⑥。六桥锦绣，十里画图，二月西湖。

【注释】

①仲春：农历二月。

②酥，松软。

③草色和烟近似无：草色和烟色在雨后显得若有若无。

④岚光，山林间的雾气。

⑤鹧鸪（zhè gū）：鸟名，形似鹌鹑。

⑥粉女，美女。琼奴，如玉的女仆。

【赏析】

这首曲子描绘仲春之际西湖雨后的美景。韩愈曾写过一首七绝："天街小雨润如酥，草色遥看近却无。"《仲

春湖上》一曲前两句就是化用韩愈的诗句。接下去的几句，则更写出了西湖雨景的特点。

张养浩

　　张养浩（1270～1329），字希孟，号云庄，济南人。历任监察御史、翰林直学士、礼部尚书等官。后来辞官归隐。其散曲主要是辞官后写的，集名《云庄休居自适小乐府》。现存小令一百六十一首，套曲两套。天历二年（1329）陕西大旱，被召为陕西行台中丞，到任后极力救济灾民，甚至将自己的资财散发给饥民。由于积劳成疾，死于任所。救灾期间，目击人民所受的种种苦难，写一

些诗歌和散曲，表现出对灾民的极大同情和爱护。此类
诗曲在元代甚为鲜见。

〔双调〕庆东原

【原文】

　　海来阔风波内，山般高尘土中。整做了三个十年梦。
被黄花数丛，白云几峰，惊觉了周公梦。辞却凤凰池，
跳出醯鸡瓮。

【赏析】

　　此曲可能是作者辞官隐后所作。作者官场生活十分
厌恶；归隐后觉得无官一身轻。其心理剖白极为真实。

〔双调〕庆宣和

【原文】

大小清河诸锦波，华鹊山坡。牧童齐唱采莲歌。倒大来快活，倒大来快活。

【赏析】

此曲歌赞牧童采莲，牧童的形象写得极为活泼可爱。作品昭示出作者与普通劳动人民的深厚感情。

〔中吕〕山坡羊

潼关怀古①

【原文】

峰峦如聚，波涛如怒，山河表里潼关路②。望西都③，意踌躇④，伤心秦汉经行处⑤，宫阙万间都做了土⑥。兴，百姓苦；亡，百姓苦。

【注释】

①潼关：关名。

②山河表里，《左传》僖公二十八年载，晋楚之战前，子犯劝晋文公决战，说即使战败，晋国"山河表里，必无害也。"此处用此成语，说潼关形势险要。

③望西都：望长安。

④意踌蹰：心里犹豫不定。

⑤伤心秦汉经行处：伤心的是一路上经过秦汉的历史遗迹。

⑥宫阙万间都做了土：万间宫室都变成了废墟。

【赏析】

这是张养浩最著名的一首散曲。作者在天历二年陕西大旱，被召做陕行台中丞，赴任时途经潼关，引发起种种感慨。名为"怀古"，实是"伤今"。最后两句"兴，百姓苦；亡，百姓苦"是这首名曲的主旋律。历代王朝兴亡变迁，百姓同样受苦；但过去百姓所受的苦，他只能从秦汉的历史遗迹中了解而今他亲眼看到的"百姓苦"，却是新兴王朝统治下的百姓所受之苦。"兴，百姓苦；亡，百姓苦"它说出了封建时代的一条历史真理。其实，它与鲁迅所说的中国历史只有两样时代：做稳了奴隶的时代和想做奴隶而不得的时代之意也是相通的：前者是"兴"，后者是"亡"，但百姓的命运却总好不过奴隶，这却是事业。

〔双调〕雁儿落带得胜令

【原文】

往常时为功名惹是非，如今对山水忘名利。往常时趁鸡声赴早朝，如今近晌午犹然睡。往常时秉笏立丹墀①，如今把菊向东篱②。往常时俯仰承权贵，如今逍遥谒故知。往常时狂痴③，险犯着笞杖徒流罪④，如今便宜，课会风花雪月题⑤。

【注释】

①笏，古代大臣上朝时拿的手板。丹墀，皇帝殿前的台阶。

②如今把菊向东篱：此句是借引陶潜《饮酒》诗"采菊东篱下，悠然见南山"句意，表示今日过着悠闲的生活。

③往常时狂痴：过去头脑痴傻。

④笞，用竹板打。杖，用棍子打。徙，迁移。

⑤课，先拟定题目然后按题写作。

【赏析】

作者在这首曲子中描述在官时与辞官后两种不同的生活。全曲用对比笔法，来造成强烈反差：在朝时必须卑躬屈膝，秉笏立丹墀，处处仰承权贵意志，如对朝政有所论谏，就会遭到种种重罚。辞官后的生活却悠然轻松，自在飘逸。这种比较完全是来自作者本人的亲身体验，因而对当时社会现实的黑暗的批判格外有力。

〔中吕〕十二月兼尧民歌

寒食①道中

【原文】

清明禁烟，雨过郊原。三四株溪边杏桃，一两处墙里秋千。隐隐的如闻管弦，却原来是流水溅溅。

人家浑似武陵源②，烟霭蒙蒙淡春天。游人马上袅金鞭③，野老田间话丰年。山川，都来杖屦边，早子称了闲居愿。

【注释】

①寒食：节名，在冬至后一百零五日，故又称"百五日"。系清明前二日。

②武陵源：指世外桃源，因其在武陵发现。

③袅（niǎo）：轻轻摆动。金鞭：喻鞭之华贵。

【赏析】

这首曲由〔十二月〕与〔尧民歌〕两支组成。

第一支曲前两句点明时间地点：春雨过后的郊原，一定景色迷人，生机勃发。

接下去的四句，具体描写雨后的郊野景色。首行写到杏花，它最能代表仲春景色。第四句明写秋千，暗写荡秋千的妙龄少女。接下来两句写流水声，优美如音乐。这第一支曲主要是写客观景物。

后一支共四句，先总写一句，将优美安适的环境比作桃源仙境，接着又把武陵源的景色具体化形象化。再写这个环境中的人物：挥着金鞭的游人和话丰年的野老，都自由自在地生活在这桃源仙境中。最后以抒情作结，写出自己游历过各个名山大川，早遂了过闲居隐逸生活的愿。"山，都来杖屦边"句尤为生动，主谓颠倒，赋大自然以鲜活的生命，表现出作者对自然界深沉的爱，更增强了诗的生动性与艺术魅力。

〔中吕〕山坡羊

述怀

【原文】

人生于世，休行非义，谩过人也谩不过天公①意。便攒些东西②，得些衣食，他时终作儿孙累。本分世间为第一③，休使见识④，干图甚的⑤。

【注释】

①谩：欺骗，蒙蔽。天公：天。

②攒：积蓄。

③本分：安分守己。

④见识：心机，计谋。

⑤甚：什么。

【赏析】

张养浩的这首《述怀》，一泄无余、不留余蕴的吐露了自己的人生态度，生活方式。"人生于世，休行非义。"此处的"义"，是指正义，公正合宜的道德、行动或道理。在作者看来，"义"乃是人立于世间的最重要原则。一切行动、道德都应符合"义"。行得端，做得正，不搞歪门邪道。否则，即使能蒙骗过凡人，但绝瞒不过上天。从人类发展史上看，"多行不义必自毙"确是社会事物发展的必然规律。若是违背了"义"，即使是积攒些钱财、土地、粮食，到身败名裂之时，只能给子孙儿女们添累赘。《红楼梦》中所言："金满箱，银满箱，转眼乞丐人皆谤。……因嫌纱帽小，致使锁枷扛；……甚荒唐，到头来都是为他人作嫁衣裳。"正是这支曲子的进一步形象化。

〔中吕〕普天乐

【原文】

折腰惭，迎尘拜①。槐根梦觉②，苦尽甘来。花也喜欢，山也相爱。万古东篱天留在③。做高人轮到吾侪，山妻稚子，团栾笑语，其乐无涯。

【注释】

①折腰惭，迎尘拜："迎尘拜，折腰惭"的倒置句。

②槐根梦觉：对做官像淳于棼做梦在槐树根里做官

那样清醒过来了。

③万古东篱天留在：陶潜的高尚节操流芳千古。

【赏析】

在这支曲中，作者引用陶潜解印归田之故事，说明自己辞官亦因"折腰惭"。又引用《南柯太守传》之故事，说明自己对做官也觉得犹如南柯一梦。最后抒写辞官后的生活乐趣，事实上又是对在官与辞官两种不同的生活进行对比，表明自己根本的人生态度。

〔双调〕清江引

【原文】

昭君路迷关塞雪①，蔡琰胡笳月②。往事惟心知，新恨凭谁说③？只恐怕梦回时春去也④。

【注释】

①路迷，指昭君出塞时行路的艰苦情况。

②蔡琰（yǎn），字文姬。博学多才，精通音律。汉末被胡兵掳去，身陷南匈奴十二年，后为曹操以重金赎回。《胡笳十八拍》传为琰所作。

③新恨凭谁说：心中的新恨对谁去说。

④梦回时春去也：梦醒时，春光已过。

【赏析】

这支曲子用曲折的笔法，表达对蒙古贵族残暴统治的悲愤之情，并对自己为蒙古王朝效劳而深感悔恨。首先述说的是历史上两个著名妇女羁身匈奴的悲惨往事。"往事惟心知，新恨凭谁说"则是这首曲的主旋律。他深感昭君与蔡文姬的"往事"乃是民族的奇耻大辱。这是历史上民族的旧恨。"新恨"则是指作者对当时现实所感到的恨：元朝对汉民族的凶残横暴统治。这才是作者最感痛心裂骨的事。"只恐怕梦回春去也"，其意是说往日为元朝统治集团效命的迷误终于清醒，但韶光已逝，追悔何及。

这支曲从历史上汉民族的屈辱提起，作为今日民族命运与个人遭际的引发，既将个人的不幸与哀痛与民族悲哀相融与共，又有一种历史纵深感，颇耐人深思。

〔双调〕殿前欢

对菊自叹

【原文】

可怜秋，一帘疏雨暗西楼，黄花零落重阳后①，减尽风流②。对黄花人自羞，花依旧，人比黄花瘦。问花不语③，花替人愁。

【注释】

①黄花：菊花。

②减尽风流：减去了美好的风光。

③问花不语：将自己心事问花，花不回答。

【赏析】

这是一首寓情于物、借景抒怀的曲子。在中华文化传统中，菊花一直被当做品格清高的象征。作者看到菊花遭到秋雨，虽然失去了美好的风姿，但仍傲然挺立。而自己，却精神颓唐，瘦过黄花。对以物比人，深感自愧弗如。作者借菊自叹，乃是对自己政治上失节（为异族统治者服务）的悔恨。

最后两句化用欧阳修《蝶恋花》中"泪眼问花花不语"句，则又是以隐晦笔法诉说自己有难言之隐，有些近于替自己开拓了。此处之"花"，又可作为作者本人的借代。故"问花"，乃是自审自问。

〔双调〕殿前欢

登会波楼

【原文】

四围山，会波楼上倚阑干。大明湖铺翠描金间，华鹊中间。爱江心六月寒。荷花绽，十里香风散。被沙头啼鸟，唤醒这梦里微官。

【赏析】

此曲状写风景，绘声绘色，能引人进入胜境。末句说自己从作官的在迷梦中清醒过来了，结合当时的历史背景，恐有两层意思：一、恶官场而喜自然；二、一种民族觉悟的曲折表现。

〔双调〕殿前欢

玉香球花

【原文】

　　玉香球，花中无物比风流。芳姿夺尽人间秀，冰雪堪羞。翠微中分外幽。开时候，把风月都熏透。神仙在此，何必扬洲！

【赏析】

　　这是一首写花的名曲。作者将拟人化，把花写活，写得极富灵气与神韵，使它如美人秀丽，比少女娇羞，使人如睹其色，闻其香，触其质，为其动心动容。真绝妙好词也！

〔双调〕清江引

咏秋日海棠

【原文】

　　一岁两回春到来，花也多成败。只为云庄秋，不避东君怪。因此上向西风特地开。

【赏析】

　　这是一首吟咏秋海棠花的曲子，它不怕秋风酷烈，专"向西风特地开"，这种品格为作者所景仰，获得了共鸣。

〔双调〕水仙子

无题

【原文】

　　中年才过便休官，合共神仙一样看。出门来山水相留恋，倒大来耳根清眼界宽。细寻思这的是真欢。黄金带缠着忧患，紫罗襕裹着祸端。怎如俺藜杖藤冠？

【赏析】

此首曲，以犀利之笔揭示官场的丑恶，从元代官场的勾心斗角、相互倾轧中，作者早已看透它是个祸患所在，故而极力将其摆脱，回归一种朴素而自在的生活。这是作者对当时现实的超越。

〔中吕〕红绣鞋

【原文】

才上马齐声儿喝道①，只这的便是送了人的根苗②。直引到深坑里恰③心焦。祸来也何处躲？天怒也怎生饶？把旧来时④威风不见了。

【注释】

①才上马：刚走马上任。喝道：古代官员出行，前面有衙役高声吆喝，让行人回避。

②这的：这个。根苗：根由，原因。

③恰：才。

④旧来时：从前。

【赏析】

这首曲子对当官为宦者敲起警钟：平时作威作福，

必然天怒人怨，最后大祸临头。

第一句活画出了一个气焰嚣张的官吏形象，把他的骄横一世的神态，写得呼之欲出。第二句作者明白直指，如此猖狂骄横，正是招灾惹祸送人性命的根苗。第三句则说，人们得意忘形时，往往会失去认知能力，不知自己正在招灾惹祸。待到陷入深坑、大难临头时，才会着急，但为时已晚。四、五句作进一步警告：灾祸降临时，躲是躲不掉的；此时天怒人怨，只有严厉的报应。

最后一句"把旧来时威风不见了。"则以嘲讽口气，对这种作威作福、鱼肉人民的官宦，给予极富喜剧色彩的一笔。

小令结构严谨，语言通俗，针砭有力，寄意深远，世意是一篇警世佳作。

〔双调〕殿前欢

村居

【原文】

会①寻思，过中年便赋去来词②。为甚等闲间③不肯来城市？只怕俗却新诗④。对着这落花村，流水堤，柴门闭，柳外山横翠。便有些斜风细雨，也近不得这蒲笠蓑衣⑤。

【注释】

①会：正在。

②赋去来词：陶潜辞官归隐时曾赋《归去来辞》。

③等闲间：平常，此处意为轻易、随便。

④俗却新诗：其意是说在城市做官或来往豪门，会使所赋新诗庸俗不堪。

⑤蒲笠蓑衣：用蒲草编的斗笠，用蓑草编的雨衣。

【赏析】

这首曲歌吟隐居生活的闲适安稳。全曲可分两大部分。前四句表达归隐的决心。张养浩在至治元年（1321）直言进谏，惹得英宗极不高兴，他深感继续为官必遭风险，便辞归乡里。当时刚过"知天命"之年，故云："过中年便赋去来词"。他把还来往于城市，看成是会"俗却新诗"，进一步突出了官场豪门与乡野隐居的对立。这是两种不同生活状况的对应，更是两种思想品格、两种精神追求的对立。

后五句写隐居环境的优美和隐居生活的安逸。山水澄明，风光秀丽，垂柳落花，安宁闲适。戴上斗笠，披上蓑衣，江畔垂钓，何等惬意。纵有斜风细雨，亦不须归去。对张志和《渔父》词的化用，更为小曲凭添了几多神韵。

〔双调〕沽美酒兼太平令

【原文】

在官①时只说闲，得闲也又思官。直到教人做样看，从前的试观，那一个不遇灾难？楚大夫行吟泽畔②，伍将军血污衣冠③，乌江岸消磨了好汉④，咸阳市干休了丞相⑤。这几个百般，要安，不安，怎如俺五柳庄逍遥散诞⑥。

【注释】

①在官：即居官。

②楚大夫：屈原曾任三闾大夫，故称楚大夫。

③伍将军：伍员字子胥，春秋时吴国大夫，因参谋军务，又称伍将军。

④乌江：在现安徽省和县境内。项羽与刘邦争天下，失败后在乌江边自刎。

⑤丞相：指秦丞相李斯，为秦皇朝的建立建立过功勋，后为赵高所害，腰斩于咸阳市。干休：徒然被杀害。

⑥五柳庄：此处指作者隐居时的住所。陶潜归隐后，曾在其宅边植柳五株，并作《五柳先生传》。作者效法陶渊明，亦在宅边栽柳五棵，号五柳庄。散诞：自由自在。

【赏析】

这仍是一首表明作者厌恶官场，决心归隐的心迹的曲子。

张养浩有一个突出特点，就是非常坦诚，绝不讳饰，敢于直剖自己的心迹。此曲开头两句，作者就真实地写出了辞官前的心理矛盾：繁冗的事务，使人心厌；险恶的仕途，令人心悸，昏庸的统治者，使有才干的人却难有作为。故想"无官一身轻"，过隐居生活；待到真过上闲适生活时，想到自己寒窗十载，却壮志未酬，实不甘心，故而进退维谷。

上片后三句，终于作出了正确抉择：从前为官者都遭灾受害，这血的事实使他还是选择归隐之路。

下片开头四句，则将前面所说，进一步具体化，所举四例，是极有作为的四个人，均有大功于社稷，但最终结局惨不忍睹，令人寒心。

接下来两句对他们的悲惨命运的成因进行剔控，原来他们都想安稳当官，实现抱负，结果全都遭殃。于是，他决心以史为鉴，隐居五柳庄，还自己以逍遥自在。

本曲由两支小令组成，但浑然一体，一韵到底，流水行云，畅达自然。又将抒情与议论结合，别有一番风姿。

〔中吕〕朝天子

【原文】

柳堤，竹溪，日影筛金翠①。杖藜徐步近钓矶②，看鸥鹭闲游戏。农父渔翁，贪营活计，不知他在图画里。对这般景致，坐的③，便无酒也令人醉。

【注释】

①日影筛金翠：树荫漏下的日影，宛如筛金翠似的在闪动。

2094

②杖藜徐步近钓矶：柱着藜杖慢步走近钓鱼的石滩。藜，草本植物，枯老的茎可做手杖。

③坐的：因此。

【赏析】

这是一首完全用白描的手法写的记游曲。语言质朴、清新，绝无半点浮夸词藻。

头三句写堤上溪边景色。下两句写走近钓矶时看到的景色。

下三句写作者羡慕农夫渔翁生活的优美环境。最后几句写作者看到这种之后引发的感受与体验：——"便无酒也令人醉。"这"醉"当然是"心醉"，是"痴迷"，是全身心的浸进——浸进这比醇酒还要纯美的乡野生活中。

〔南吕〕一枝花

咏喜雨（套数）

【原文】

用尽我为民为国心，祈下些值玉值金雨。数年空盼望，一旦遂沾濡。唤醒焦枯，喜万象春如故。恨流民尚在途，留不住都弃业抛家，当不的也离乡背土①。

〔梁州〕恨不的把野草翻腾做菽粟，澄河沙都变化做金珠，直使千门万户家豪富，我也不枉了受天禄。眼觑

着灾伤教我没是处②，只落得雪满头颅③。〔尾声〕青天多谢相扶助，赤子从今罢叹吁④。只愿的三日霖霪不停住，便下当街上似五湖，都淹了九衢，犹自洗不尽从前受过的苦。

【注释】

①当不的，当不了。此句的"的"与"了"同义。以下诸句的"的"，与"得"相同。

②眼觑着灾伤教我没是处：眼看着灾民遭受的苦难，我感到自己没尽到责任。

③雪，形容白发。

④赤子，本系初生的婴儿，此处借喻百姓。

【赏析】

这篇套曲是张养浩到陕西后，久旱终逢甘霖，于是欣然命笔而写就。曲中一方面表达了自己内心的喜悦，同时依然深情地关怀着流落在外的灾民，并对自己自责：没有尽到应尽的责任。作者还另有一首小令〔得胜令〕《四月一日喜雨》："万象欲焦枯，一雨足沾濡。天地回生意，风云起壮图。农夫，舞破蓑衣绿。和余，欢喜的无是处。"亦表现出作者对受灾最惨重的农民的无限爱心。这种爱心与自责昭示出张养浩浓烈的民本思想与平民意识，其自责其实是代封建王朝最高统治者受过，这里不

独显示出一位封建士大夫业已达到了当时所能达到的最
高觉悟，也使我们听出了一丝他对封建王朝至尊的抗
议声。

鲜于必仁

鲜于必仁（生卒年不详），字去矜，号苦斋。大都
（今北京）人。今存小令二十九首。

〔中吕〕普天乐

平沙落雁①

【原文】

稻粱收，菰蒲②秀，山光凝暮，江影涵秋。潮平远水
宽，天阔孤帆瘦。雁阵惊寒埋云岫③，下长空飞满沧州④。
西风渡头，斜阳岸口，不尽诗愁。

【注释】

①平沙落雁：此为"潇湘八景"之第五首。

②菰蒲：菰是多年水生草本植物。根部有肥大嫩茎，即"茭白"。蒲亦是水生植物，即苇子，可以编席。菰和蒲均系浅水植物，故刘得仁《宿宣义池亭》诗说"鸟屿无人迹，菰蒲有鹤翎。"

③岫（xiù）：峰峦。谢朓《郡内高斋闲望答吕法曹》诗："窗中列远岫，庭际俯乔林。"

④沧州：水边比较开阔的地方。常用指隐士住地。谢朓《之宣城郡出新林浦向板桥》诗："既欢怀禄情，复协沧州趣。"

【赏析】

此曲写的是清秋时候江边晚景。稻谷已经收割，水边的菰和蒲正是秀美之时。山光与暮色相凝相聚，相融相汇，江水倒影中蕴含着秋之神韵。江潮平静，显得秋水怅远宽阔；秋空辽远空旷，反衬得孤帆更加瘦小。雁阵为秋寒所惊，穿过山边薄云，落在江边沙滩上。红日西沉，秋风吹拂着渡口，主人公凝目痴望，无尽的诗思与情愁在心中积郁。这篇写景之作，意境辽远，境界开阔，气氛宁静，字里行间渗透着作者漂泊异乡的无限忧思。写景状物也是为了烘托强化对方这种忧思的表现。语言文雅自然。锻字铸句尤有功力，如"孤帆瘦"的"瘦"字，既写帆小，又是诗人自身心理忧伤的投射。

〔中吕〕普天乐

渔村落照

【原文】

楚云寒，湘天暮。斜阳影里，几个渔夫。柴门红树村，钓艇青山渡。惊起沙鸥飞无数。倒晴光金缕扶疏。鱼穿短蒲，酒盈小壶，饮尽重沽。

【赏析】

这首曲子也是作者写的潇湘八景之一，写景如画，画中有诗，渔家生活的情致与神韵表现得历历在目；语言朴实，不加雕饰，与渔家生活本身的淳朴相契合。

〔双调〕折桂令

芦沟晓月①

【原文】

出都门鞭影摇红，山色空蒙，林景玲珑②。桥俯危波，车通远塞，栏倚长空。起宿霭千寻卧龙③，掣流云万丈垂虹④。路杳疏钟⑤，似蚁行人，如步蟾宫⑥。

【注释】

①芦沟晓月：此是《燕山八景》组曲之一。八景是"太液秋风"、"琼岛春阴"、"居庸叠翠"、"芦沟晓月"、"蓟门飞雨"、"西山晴雪"、"玉泉垂虹"、"金台夕照"。

②玲珑：明彻的样子。左思《吴都赋》："珊瑚幽茂而玲珑。"列迳注："玲珑，明貌。"

③"起宿"句：形容芦沟桥之雄伟，宛若从夜雾中腾起的千寻（八尺为一寻）卧龙。

④"掣流"句：形容芦沟桥的壮丽宛若拉住流云垂向大地的万丈彩虹。

⑤路杳疏钟：道路幽远，稀疏的钟声隐隐约约。

⑥蟾宫：月宫。

【赏析】

"芦沟晓月"是名传千古的胜景。鲜于必仁的这首小令，为我们再现了元代"芦沟晓月"的风姿。出了京城的门，策马前进，摇着红色的鞭鞘。远山朦胧树林明彻。芦沟桥俯看着下面湍急的流水。车辆可以从此桥通向遥远的边塞，大桥的栏杆背靠长空。整个大桥，有如一条千丈巨龙从夜雾中飞腾而起；又像万丈彩虹从云端直扑水面。破晓时分，道路深远，晨钟稀疏。行人模糊，有如蚁行。突见晓月，仿佛漫步月宫。作者使用了合璧对、鼎足对，准确又极富感情地描画出"芦沟晓月"景色的特点，将读者带进了一个神话般的世界。"芦沟晓月"之景或许将来消失（但愿不会如此），但这首《芦沟晓月》将永存于世。

〔双调〕折桂令

严客星

【原文】

傲中兴百二山河。拂袖归来，税驾岩阿。物外闲身，云边老树，烟际沧波。犯帝座星明凤阁，钓桐江月冷渔蓑。富贵如何？万古清风，岂易消磨！

【赏析】

前篇写景，此篇志人。作者以豪放之笔，歌赞了东汉中兴皇帝刘秀的同学严光。其所侧重者亦绝非人物的丰功伟业，而是其高洁品格，严光傲王侯，鄙高官。这引起了作者的强烈共鸣。作者也是供此篇表达他对元代王朝黑暗现实的曲折抗议。

〔双调〕折桂令

诸葛武侯

【原文】

草庐当日楼桑，任虎战中原，龙卧南阳。八阵图成，三分国峙，万古鹰扬。出师表谋谟庙堂，梁甫吟感叹岩廊。成败难量。五丈秋风，落日苍茫。

【赏析】

这又是一首志人诗。与前篇不同，侧重点正由人格移为功业。这也算是因"材"赋诗吧。

诸葛亮，奠定三分天下，"八阵图"、"出师表"、"梁甫吟"文治武功辉煌灿烂。虽说五丈原日落，功未成而身先死，其千秋功过，后人尽可评说。这首赞歌昭示出作者颇具史识与史才。

〔双调〕折桂令

李翰林①

【原文】

醉吟诗误入平康。百代风流,一饷徜徉。玉雪丰姿,珠玑咳唾,锦绣心肠。五花马三春帝乡,千金裘万丈文光。才压班扬②。草诏归来,两袖天香。

【注释】

①李翰林:即李白。

②班:指班固,汉史学家。扬:杨雄,哲学家。

【赏析】

这首写人小令,与前二篇似乎均有不同:他所歌赞者不独人格,不独功业,而是两者兼具,着眼于人物的才华与风范。李白醉酒吟诗,风流不羁;诗文压倒班(固)扬(雄);为唐明皇起草诏书(古小说戏曲所传"醉草蛮书")胜利归来。无不使我们感受到一个多才多艺、风发凌厉、具有立体感的李白。

邓玉宾子

邓玉宾子（生卒年不详），据《太平乐府》注有"邓玉宾子"小令，此人当是元散曲家邓玉宾之子。《全元散曲》存其小令三首。

〔双调〕雁儿落过得胜令

闲适

【原文】

乾坤一转丸，日月双飞箭。浮生梦一场，世事云千变。万里玉门关，七里钓鱼滩。晓日长安近，秋风蜀道难。休干，误杀英雄汉。看看，星星两鬓斑。

【赏析】

此曲与陆放翁（游）诗思想、风格相近。反映出对元统治不满的意绪。说两鬓斑白，误杀英雄，尽吐不平。风格豪放，音韵铿锵，颇有阳刚之气。

〔双调〕雁儿落过得胜令

闲适^①

【原文】

晴风雨气收，满眼山光秀。寻苗枸杞^②香，曳杖桃榔^③瘦。识破抱官囚^④，谁更事王侯？甲子^⑤无拘系，乾坤只自由。无忧，醉了还依旧。归休，湖天风月秋。

【注释】

①此曲系《闲适》之第三首。

②枸杞（gǒu qǐ）：落叶小灌木，夏秋开淡紫色花。果实长圆形，色红，可入药。

③桃榔：常绿高大乔木。开花时，剖开花序流出的汁液可熬成砂糖，也叫"砂糖椰子"。

④抱官囚：做官如同囚犯。元人习用语。

⑤甲子：甲为十干之首，子为十二支之首；干支依次相配，六十为一循环，统称一个甲子。此处泛指时光。

【赏析】

邓玉宾之子晚年有三首小令，题曰《闲适》。他经历坎坷无数："浮生梦一场，世事云千变"，"休干，误杀英雄汉。看看，星星两鬓斑"。表明他官场中苦苦挣扎，却屡屡失败。所以他深感英雄无用武之地。于是出家当了云游道士。

〔雁儿落〕写他闲适生活的一个侧面：晴风使得雨气收敛，进山采药，满眼都是秀丽的山光。他从枸杞丛中摘下香气四溢的枸杞子，又用竹杖击落桃榔花，非常惬意。

〔得胜令〕则进一步联系社会现实，认为做官与被囚禁无二，都失去了自由。只要悟透这一点，谁还为王侯卖命？他现在终归跳出了尘俗，时光对自己没有任何约束，于是他自由自在，无忧无虑，酒醉酒醒依然如旧。归隐最好：有领略不尽的湖天风月佳景。

其实，他这种闲散生活，包蕴着往日的辛酸和内心的不平。

所以，他的"闲适"，亦可视为消极抗争的一种方式。

全曲满含悲愤，直抒胸臆，颇为感人。

阿里西瑛

阿里西瑛（生卒年不详），西域人（维族）。其善吹觱篥。今存小令四首。

〔商调〕凉亭乐

叹世

【原文】

金乌玉兔走如梭，看看的老了人呵。有那等不识事的痴呆待怎么？急回头迟了些儿个。你试看凌烟阁上，功名不在我。则不如对酒当歌，对酒当歌且快活。无忧愁，安乐窝。

【赏析】

此曲作者用本色自然、潇洒活泼的语风抒发了不满朝政时局的情怀。他明说"凌烟阁上，功名不在我"。这自然有其消极面，似乎是一种遁世；但也有其现实意义：

在当时元代专制统治时代，此种意绪与作法，虽属消极，但毕竟是一种反抗，故可以理解，无可厚非。它堪称是一首愤世嫉俗的佳作，因而广为传唱。

〔双调〕殿前欢

懒云窝^①

【原文】

懒云窝，醒时诗酒醉时歌。瑶琴不理抛书卧^②，无梦南柯^③。得清闲尽快活，日月似撺梭过，富贵比花开落。青春去也，不乐如何？

【注释】

①懒云窝：《阳春白雪》共收 3 首。这是其二。《阳春白雪》在《懒云窝》正文前，有一小注，可能是编者杨朝英所加："西瑛有居号'懒云窝'，以〔殿前欢〕调歌此以自述。"《太平乐府》则将此注移到正文之后，又加上了"酸斋等和见后。"后边附有贯云石、乔梦符等人的和曲。

②瑶琴：饰以美玉的琴。泛指高级乐器。理：弹弄。

③南柯：指做官的梦。典出唐代李公佐传奇《南柯太守传》。

【赏析】

古人给自己居所或书斋命名，多有蕴意，但一般都用比较文雅、较有积极意义的词。称什么轩、什么堂、什么斋。西瑛却一反常俗，竟名之曰"懒云窝"，洗尽文雅。于此可见他放任不羁的性格。"懒云"乃系天上白云逍遥自在、任意舒卷的一种高度凝炼的概括，同时也是室主人的蔑视世俗的表征。

且看作品如何写主人"懒"的表现："醒时诗酒醉时歌"，醒与醉、诗与歌，成为他的主要活动日程。"瑶琴不理抛书卧"，瑶书俱抛一边，只管上床高卧，真是懒得不能再懒了。他觉得只有清闲才使人快活。日月穿梭，富贵不过昙花一现，青春又有几何，不乐干什么？

主人公这样极端懒散、放纵任性，事实上是一种蔑视功名利禄、追求人性自由的精神。所以"懒云窝"引来了许多"知音"——贯云石、乔梦符、卫立中、吴西

逸等著名曲家纷纷来唱和，造成"懒云窝里客来多"的特有文化现象。这种文化现象是相当一部分知识分子以疏懒放达与元朝统治者消极对抗的反映。

作品语言俏皮活泼，有如行云流水；尽情发泄情绪，无所遮拦，反映了作者横放不羁的性格特点。

卫立中

卫立中（生卒年不详），名德辰，字立中，华亭（今上海市松江县）人。善书法。现存小令二首。

〔双调〕殿前欢

【原文】

碧云深，碧云深处路难寻。数椽茅屋和云赁①。云在松阴。挂云和②八尺琴，卧苔石将云根枕，折梅蕊把云梢沁。云心无我，云我无心。

【注释】

①"数椽"句：把几间茅屋和白云一起租下来。椽：

此处是房屋间数的代称。赁：租借。

②云和：古时人们对琴瑟等乐器的代称。

【赏析】

这首〔殿前欢〕小令，是写隐士的独特生活方式及其精神境界的。

几间茅屋，被松树的浓荫覆盖；道路难觅，欲与尘世隔绝。室内陈设简陋，挂着一张古琴，再无长物。悬挂古琴：寓情趣高雅；余无长物：乃写照简朴。两者相反相成熔铸成隐士风范。底下两句："卧苔石将云根枕，折梅蕊把云梢沁"：睡在长满苔藓的石条上，把白云"根"当枕头，摘梅蕊将白云的"梢"沁透，使白云染满梅香，奇思妙想，令人称叹！最后两句造语更其独特："云心无我，云我无心。"云从来就没有"我"，我和白云也一样无心。其意是说白云与我均无尘俗之心，两者合二而一，成为兰天碧海之间的自由之舟。至此隐士的高洁品格和优雅情趣更得到了升华。

全篇风格素朴淡远，与所要表现的隐士风致以及隐士生活的自然环境正相契合，营造出纯净、高雅的艺术氛围。

吴西逸

吴西逸（生卒年不详），他有和阿里西瑛〔双调·殿前欢〕《懒云窝》曲，当与贯云石、乔吉、阿里西瑛为同时人。

他的现存作品，不少写隐居林泉之乐，流畅自然《太和正音谱》称其曲"如空谷流泉"，评价颇为不低。《全元散曲》存其小令四十七首。

〔双调〕雁儿落过得胜令

【原文】

春花闻杜鹃，秋月看归燕。人情薄似云，风景疾如箭。留下买花钱，趱入①种桑园。茅苫三间厦，秧肥数顷田。床边，放一册冷淡渊明传。窗前，抄几联清新杜甫篇。

【注释】

①趱（zǎn）入：赶快走入。

【赏析】

这首小令亦表现归隐田园之乐趣。可分为两层,前四句为第一层,后八句第二层。

前四句:"春花闻杜鹃,秋月看归燕。人情薄似云,风景疾如箭",说明了自己归隐的原因:听到杜鹃声声"不如归去",看到燕子秋夜南归,由飞鸟尚且恋归,想到人亦应如是。更何况久客在外,看透人情世相,无可留恋。

后八句,具体写归隐后的田园生活:"留下买花钱,趱入种桑园"。"趱入",是作者归耕田园的迫切心情的反映。"茅苫三间厦,秧肥数顷田",描画了作者的住房情况和农耕生活。最后两句:"床边,放一册冷淡渊明传。窗前,抄几联清新杜甫篇",是写作者的精神世界:陶潜与杜甫才是他的前驱与楷模将陶、杜并列又昭示出作者"当世"与"入世"的复杂性,他厌恶、官场、故而"出世"未忘百姓,故亦未忘情于"入世"。两者虽有情论,但又在作者的高尚情操那里得到了统一。

全曲朴实自然,"清水出芙蓉,天然去雕饰。"这大约也是学习陶杜的结果吧。

〔双调〕蟾宫曲

山间书事

【原文】

系门前柳影兰舟，烟满吟蓑①，风漾闲钩②。石上云生，山间树老，桥外霞收③。玩青史低头袖手，问红尘缄口回头④。醉月悠悠，漱石休休⑤，水可陶情，花可融愁⑥。

【注释】

①"系门前柳影兰舟"二句：把小船系在门前的柳荫下，身披蓑衣在烟雾缭绕中吟咏。

②漾，水波摇动的样子。

③桥外霞收：天边的晚霞渐渐消失。

④"玩青史低头袖手"二句：玩味历史，低头沉吟而取无所谓的态度。

⑤漱石：水冲洗石头。

⑥融愁：消愁。

【赏析】

此曲写作者在山间生活，不再过问世事；读古史只为了消闲而不加评判，对现实则"缄口回头"，更不管其是是非非，一心只求醉赏明月，以水陶情，净花心灵，以花消愁，愉悦身心。

与前由相比，似更多消极意绪。

〔商调〕梧叶儿

京城访友

【原文】

桃凝露，右倚云。花院望星辰。尘土东华梦，簪缨上苑春。跋履谒侯门。吟眼乱难寻故人。

【赏析】

作者似写自己从江南来京访友。风尘仆仆投奔，而友早政贵，侯门深海，难寻故人，虽未道及故友"一阔脸就变"，但亦揭示出地位不同，从横鸿沟的道理。

〔越调〕天净沙

闲题

【原文】

江亭远树残霞，淡烟芳草平沙。绿柳阴中系马。夕阳西下，水村山郭人家。

【赏析】

此曲共四首，此是其一。写夕阳残照，乡野暮色，颇多情致堪，与马致远"秋思"齐名。但并马曲的悽凉消极，使之更胜一等。

〔双调〕蟾宫曲

寄友

【原文】

望故人目断湘皋。林下丰姿，尘外英豪。岂惮双壶，不辞千里，命驾相招。便休题鱼龙市朝，好评论莺燕心交。醉后联镳。笑听江声，如此风涛。

【赏析】

　　此诗风格豪放，在寄友诗中独具一格。

高克礼

　　高克礼（生卒年不详），字敬臣，号秋泉，河间（今河北省河间县）人。官至庆元（今浙江省庆元县）理官。小曲乐府极为工巧。现存小令四首。

〔越调〕黄蔷薇过庆远贞

【原文】

　　燕燕别无甚孝顺①，哥哥行在意殷勤②。玉纳子藤箱

儿问肯③，便待要锦帐罗帏就亲。吓得我惊急列蓦出卧房门④，他措支剌扯住我皂腰裙⑤，我软兀剌好话倒温存⑥："一来怕夫人情性哏⑦，二来怕误妾百年身。"

【注释】

①燕燕：关汉卿杂剧《诈妮子调风月》中婢女的名字，此小令即借该剧中的燕燕事而作。

②哥哥行：犹言哥哥那边，指《诈妮子调风月》中的官家公子。

③玉纳子藤箱儿问肯：《诈妮子调风月》中的公子用玉纳子和藤箱儿作为求婚的礼物。问肯，古代男子向女家求婚时的一种礼节。

④惊急列，惊慌、急忙。蓦，突然。

⑤措支剌，张皇失措，《西厢记》二本三折〔雁儿落〕："措支剌不对答，软兀剌难存坐。"皂，黑色。

⑥软兀剌：软软地。

⑦性情哏：性情狠。哏，元曲中常用作狠，元杂剧《秋胡戏妻》一折〔上马娇〕："这厮每哏，端的便打杀瑞麒麟。"

【赏析】

这首小令，系借关汉卿杂剧《诈妮子调风月》中的女主角燕燕事而写。《调风月》写一婢女燕燕奉命伺候小千户，被其污辱，小千户又同另女结婚，燕燕当众对揭露，抨击了他的丑。这首小令将燕燕被辱的痛苦心情作了较为深刻的描绘。

〔双调〕雁儿落过得胜令

【原文】

寻致争不致争，既言定先言定。论至诚俺至诚，你薄倖谁薄倖？岂不举头三尺有神明？忘义多应当罪名！海神庙见有他为证，似王魁负桂英。碜可可山誓海盟。缕带难逃命，裙刀上更自刑。活取了个年少书生。

【赏析】

作者借宋代盛传"王魁负桂英"之故事，对得官后抛弃情人与恩人的忘恩负义之辈。进行了辛辣的讽刺与鞭挞。

乔 吉

乔吉（1280～1345），一作乔吉甫，字梦符，号笙鹤翁、惺惺道人。太原（今山西太原市）人。寓居杭州。有题西湖《梧叶儿》百篇。落魄江湖四十年，欲刊行所作，竟无成事者。至正五年（1345）病卒于家。所著杂剧十一种，现存《扬州梦》、《两世姻缘》、《金钱记》三种。散曲有《梦符小令》一卷。涵虚子论曲，言其词"如神鳌鼓浪"。又云："若天吴跨神鳌，嘘沫于大洋，波涛汹涌，截断众流之势。"故散曲多啸傲山水，风格情丽，朴质通俗，兼有典雅。其在创作上见识独到，要求"凤头，猪肚，豹尾"，就是：开头美丽，中间浩荡，结尾响亮。其杂剧、散曲在元曲作家中皆居前列。

〔正宫〕绿玄遍

自述

【原文】

不占龙头选，不入名贤传。时时酒圣，处处诗禅。烟霞壮元，江湖醉仙。笑谈便是编修院。留连，批风抹月四十年。

【赏析】

这是作者本人的一篇诗体小传。所着重者并非事的罗列，而是性格的展示。他不慕名利，酷爱诗酒，流迹江湖、人生漂泊凡四十年。从中流溢着作者对自己的人生态度的肯定，而这同时也就必然是对封建正统的疏离与反叛。

〔南吕〕阅金经

闺情

【原文】

　　砑金红鸾纸，染香丹凤词。情系人心秋藕丝。思，掷梭双泪时。回文字，织成断肠诗。

【赏析】

　　此曲表现闺中情思，缠绵悱恻，极其感人，回味无尽。

〔中吕〕山坡羊①

寓兴

【原文】

鹏抟九万②，腰缠十万，扬州鹤背骑来惯③。事间关④，景阑珊⑤，黄金不富英雄汉⑥，一片世情天地间⑦。白，也是眼；青，也是眼⑧。

【注释】

①山坡羊：曲牌名。

②鹏抟（tuán）九万：大鹏鸟振翅高飞九万里，《庄子·逍遥游》："鹏之涉于南冥也，水击三千里，抟扶摇而上者九万里。"此处用来比喻人的奋发有为、志向远大。

③腰缠十万，扬州鹤背骑来惯：意思是升官、求财、成神仙三者兼而有之，《商芸小说》："有客相从，各言所志，或愿为扬州刺史，或愿多货财，或愿骑鹤上升，其一人曰：腰缠十万贯，骑鹤上扬州。"

④事间关：世事险恶、道路崎岖。间关，道路艰险，

《汉书·王莽传》注："师古曰：间关，犹言崎岖辗转也。"

⑤景阑珊：景色凋蔽。阑珊，衰落、凋蔽。

⑥黄金不富英雄汉：英雄不为黄金所动。

⑦一片世情天地间：天地间充满世态炎凉。

⑧白，也是眼；青，也是眼：化用阮籍能做"青白眼"的典故，说明对人情世态已经看破。《晋书·阮籍传》说，阮籍能做青白眼，青眼看人表示敬重，白眼看人，则示蔑视。

【赏析】

这首小令愤世嫉俗，对封建社会世态炎凉进行猛烈抨击，对势力小人的种种丑恶无情鞭挞。

当一个人飞黄腾达时，人们对他敬重有加。一旦遭到变故，立刻受到势力小人的卑视。"白，也是眼；青，也是眼。"寥寥八字，形象地勾画出世俗小人的恶浊嘴脸。

〔中吕〕山坡羊

冬日写怀

【原文】

朝三暮四①，昨非今是，痴儿不解荣枯事②。攒家私③，宠花枝④，黄金壮起荒淫志⑤。千百锭买张招状纸⑥。身，已至此；心，犹未死。

【注释】

①朝三暮四：原指名改实不改，后引申为反复无常。

②痴儿，指傻子、呆子。荣枯，繁荣和枯萎，此处指世事的兴盛和衰败。

③攒（zǎn 昝）家私：积存家私。

④宠花枝：宠爱女子。

⑤黄金壮起荒淫志：有了金钱便生出荒淫的心思。

⑥千百锭买张招状纸：贪官污吏收刮钱财，到头来不过是买到一张招供认罪的状纸。

【赏析】

作者深感世事变迁祸福无常。这首小令表现的就是此种内容。朝三暮四，昨非今是"，世间万事，不可捉摸。有些人拼命积攒家私，结果横祸上身；有些人沉溺于酒色，结果走上了荒淫之路。老子说："祸兮福之所倚，福兮祸之所伏。"祸福相依，悲乐相生，正是这首小令的主题。作者目的是在批判当时社会的道德堕落，但同时也昭示出作者因果循环的消极思想。

〔中吕〕山坡羊

自警

【原文】

清风闲坐，白云高卧，面皮不受时人唾①。乐跎跎②，笑呵呵，看别人搭套项推沉磨③。盖下一枚安乐窝④。东，也在我；西，也在我⑤。

【注释】

①面皮，脸皮。唾，吐唾沫，鄙弃的意思。

②乐跎跎（驼 tuó）：即乐陶陶。

③看别人搭套项推沉磨：看别人像驴一样套上套包拉着沉重的石磨。套项，驴脖子上的套包。沉磨，沉重

的石磨。

④盖下一枚安乐窝：替自己盖一座安然舒适的"窝"（指居所）。一枚，一座。

⑤东，也在我；西，也在我：任我东西，随我的心意生活。

【赏析】

乔吉一生追求自由自在的理想生活。

此作即是他的这种生活理想的表现。清风中闲坐，白云下高卧，心无块垒，自由自在，时人唾骂，与我无缘。这样的思想生活在封建社会无法实现，所以它也就成为乔吉的一种梦想。但他明知是梦，还要寻求，于是就诞生了诸多这样的华章。

〔越调〕凭阑人

金陵道中

【原文】

瘦马驮诗天一涯①，倦鸟呼愁村数家②。扑头飞柳花，与人添鬓华③。

【注释】

①"瘦马"句：诗人骑着瘦马浪迹天涯。

②"倦鸟"句：倦鸟知返，带着离愁鸣叫，盘旋于数家村舍之上。

③鬓华：两鬓白发斑斑。

【赏析】

这也是一首描写行投羁旅之苦情的佳作。"瘦马驮诗天一涯，倦鸟呼愁村数家"，巧妙地化用马致远《天净沙·秋思》所创造的意象，清新别致，独具魅力。

更为令人赞赏的是，作者从萍踪逆旅的主题，又引申到时光易逝的感叹上，让人感到有些突兀。其实，这正是作者向着生活的哲理开掘：人们或为了生存，或为了发展，辛苦奔波，辛苦辗转，苦行于人生的逆旅之中。正是在这种生命的挣扎和奋斗的漫长而又短暂的长途中，青春不再，满头青丝，变成如霜白发。小令仅有四句，却有两层意思，又层层进递气脉相连，耐人咀嚼，促人憬悟。

〔南吕〕玉交枝

失题

【原文】

溪山一派，接松径寒云绿苔。萧萧五柳疏篱寨①，撒金钱菊正开②。先生拂袖归去来③，将军战马今何在？急跳出风波大海，作个烟霞逸客④。翠竹斋⑤，薜荔阶⑥，强似五侯宅⑦。这一条青穗绦⑧，傲煞你黄金带。再不著

父母忧⑨，再不还儿孙债，险也啊拜将台⑩！

【注释】

①"萧萧"句：萧萧喧响的柳树环绕疏落竹篱围成的村寨。五柳：陶渊明宅边植有五株柳树。

②"撒金钱"句：金色的菊花开得正烂熳。

③先生拂袖归去来：先生，指陶渊明。

④烟霞：云霞烟景。

⑤翠竹斋：翠竹掩映的书斋。

⑥薜荔阶：野草丛生的台阶。薜荔：常绿藤本植物，亦称木莲、鬼馒头。此处泛指野草。

⑦五侯宅：达官权贵的深宅大院。五侯：此处是对豪门望族的泛称。

⑧青穗绦：饰有穗子的青色（黑色）衣带。平民百姓大抵以青带束腰。

⑨再不著父母忧：再不让父母担忧。"著"，"着"的本字。

⑩险也啊拜将台：楚汉之争，刘邦重用韩信，登台拜将；功成后，却杀了韩信。

【赏析】

揭露官场险恶，鄙视功名富贵，赞颂山川风景，主张归隐林泉，是元代散曲中一个重要母题。乔吉的这首小令亦如是。它形象生动、臧否鲜明，层层递进，对这一主题进行了新的形象化的阐释，既给人以深刻的思想启迪和令人痴迷的美感享受。这个理想国是这样的：溪山青青，苍松郁郁，绿苔布满的小路伸向绿荫深处，环房柳树发出萧萧喧响；秋菊烂熳，如黄金撒地。整个环境与书斋主人幽雅旷达的高洁品格是同一的，"先生拂袖归去来，将军战马今何在"明白告戒人们迅速跳出功名仕途，去作一个自由自在的"烟霞逸客"；接着以"翠竹斋，薛荔阶，强似五侯宅"和"这一条青穗绦，傲煞你黄金带"这样两个强烈对比，表示了对于统治阶级的极度轻蔑和作为一个普通人的自豪。最后，用"险也啊拜将台"这样一个充满血腥的历史典故为全篇作结，有如黄钟大吕，警世之音久久不绝。也就成为风采独具的传世名篇。

〔中吕〕满庭芳

渔父词

【原文】

扁舟棹短。名休挂齿，身不属官。船头酒醒妻儿唤，笑语团圞。锦画图芹香水暖，玉围屏雪急风酸。清江畔。
闲愁不管。天地一壶宽。

【赏析】

此曲同样是作者厌恶功名的体现。作品写自己不求
官职与功名，而是与妻儿孝子尽享天伦之乐，醉酒赏月，
心无杂念。天宽地阔。颇富生活气息，与人情味。

〔中吕〕满庭芳

渔父词

【原文】

扁舟最小。纶巾蒲扇，酒瓮诗瓢。樵青拍手渔童笑，
回首金焦。箬笠底风去缥缈，钓竿头活计萧条。船轻掉，
一江夜潮，明月卧吹箫。

【赏析】

作者写自己在生计在极度艰难中，仍吹箫自娱。表
现一代文人绝不与俗同流的乐观向上的生活风格。

〔中吕〕山坡羊

失题

【原文】

云浓云淡，窗明窗暗。等闲休擘骊龙颔①。正监咸，莫贪婪。恶风波吃闪的都着淹。流则盈科止则坎。行②，也在俺。藏③，也在俺。

【注释】

①骊龙：据传是黑龙，下巴（颔）有珠，古时有人在它睡时取珠；如在醒时它会伤人的，深渊也会淹死人。典出自《庄子》。

②行：指出仕。

③藏：指隐居。

【赏析】

这首也是警世劝人之作：劝人莫贪财，"探骊得珠"，要冒生命危险，实在划算不来。

作者劝人还是摒弃贪欲，还身心以自由。用典巧妙，增强了表现力度。

〔越调〕小桃红

立春遣兴

【原文】

土牛泥软润滋滋，香写宜春字。散作芳尘满街市。洒吟髭，老天也管闲公事。春风告示，梅花资次，攒到北边枝。

【赏析】

这是一幅微雨中春耕图。以梅香与风雨极写春意盎然，抓取了富于典型特征的春之景物予以状写，因而言简意来，形象鲜明生动。

〔越调〕小桃红

孙氏壁间画竹

【原文】

月分云影过邻东，半壁秋声动。露粟枝柔怯栖凤。

玉玲珑，不堪岁暮关情重。空谷乍寒，美人无梦，翠袖
倚西风。

【赏析】

　　此状写画竹却无一竹字，而从秋声着笔引发，即写
景抒情。

　　咏竹而不写竹，但通篇都是竹之神韵与风韵。此作
虽小，确系大家之笔。表现作者创作技巧。

〔双调〕折桂令

自述

【原文】

华阳巾鹤氅蹁跹^①，铁笛吹云^②，竹杖撑天。伴柳怪花妖^③，麟祥凤瑞，酒圣诗禅^④。不应举江湖状元，不思凡风月神仙^⑤。断简残编^⑥，翰墨云烟^⑦，香满山川。

【注释】

①华阳巾鹤氅蹁跹：头戴华阳巾，身穿鸟羽裘，飘然而行。华阳巾，道士冠。鹤氅，用鸟羽做的长衣，《世说·企羡》："尝见王恭乘高舆，被鹤氅裘。"

②铁笛吹云：铁笛的声音吹入云宵。铁笛，古时的一种笛，常为隐士所用。

③柳怪花妖：即柳树鲜花。

④酒圣诗禅：善于饮酒和精于作诗者。黄庭坚诗云：少年气与节物竞，诗豪酒圣难争锋。"诗禅，本指诗与道相合，《沧浪诗话》："论诗如论禅"，一般泛指善于作诗的人。

⑤"不应举江湖状元"二句：不参加科举考试、作放浪江湖的高士，断绝尘思，做风月场中的神仙。江湖状元，不愿进取功名放浪江湖的隐士。

⑥断简残编：残缺不全的书籍。

⑦翰墨：即笔墨，此处指文章。

【赏析】

这首小令是乔吉自身追求的形象写照：穿戴上道士的衣巾，吹着响遏行云的铁笛，浪迹江湖，以饮酒携妓赋诗为务。他把自己称做是"江湖状元"，"风月神仙"。乔吉所追求的这种生活理想，是与封建正统文化所要求的知识分子风范完全对应的。

〔双调〕水仙子

咏雪

【原文】

冷无香柳絮扑将来①，冻成片梨花拂不开②，大灰泥漫了三千界③。银棱了东大海④，探梅的心噤难捱⑤。面瓮儿里袁安舍⑥，盐堆儿里党尉宅⑦，粉缸儿里舞榭歌台⑧。

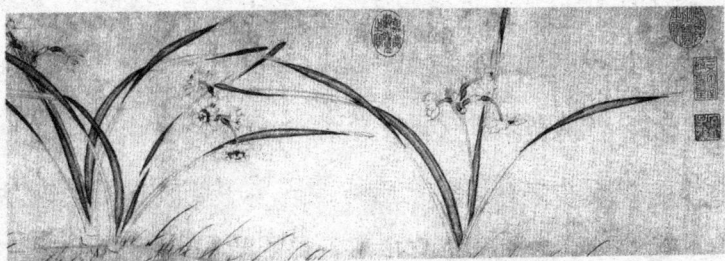

【注释】

①冷无香絮扑将来：纷飞的雪花冷而不香，如同柳絮一样扑来。冷无香，指雪花寒冷而无香气。

②冻成片梨花拂不开：雪花，冻结成片，如同拂拭不开的梨花。岑参《白雪歌》："忽如一夜春风来，千树万树梨花开。"

③大灰泥漫了三千界：纷纷扬扬的大雪如同白灰洒遍了整个世界。漫，洒遍。三千界，佛家语，即三千大千世界，此处泛指整个世界。

④银棱了东大海：大雪好象为东大海镀上了白银。

⑤探梅的心噤难捱（ái）：寻梅的人都被冻得从心里打战。噤，牙齿打战。捱，忍受。

⑥面瓮（wèng）儿里袁安舍：袁安的宅舍都被大雪埋没，如同埋在了面缸里。面瓮，面缸。袁安，东汉人，家贫身微，寄居洛阳，冬日大雪，别人外出讨饭，他仍

自恃清高，躲在屋里睡觉。

⑦盐堆儿里党尉宅：党尉深宅大院里的积雪，如同洁白的盐堆。党尉，即党进，北宋时人，官居太尉，他一到下雪，就在家里饮酒作乐。

⑧粉缸儿里舞榭歌台：大雪使歌舞的亭台变成了粉缸。榭，建在高土台上的敞屋，即亭子。

【赏析】

这是一首奇绝妙绝的咏雪诗章。它以夸张之笔，极力渲染大雪纷飞的景色：有如大雪如冰冷无香的柳絮扑向大地，又冻成片的梨花。接着曲子用"大灰泥漫了三千界"，进一层渲染飞雪之大。

从扑面飞来的柳絮，到"漫了三千界"的"大灰泥"，由远及近，由高到低，尽情描状，面对如此大雪和酷寒天气，那些喜欢踏雪赏梅的文人也情寒止步。连读者也会觉得周身寒彻。

此曲子多用俗语，生动形象，把用典与俗语巧妙地融合于一起，更别具一番艺术魅力。

〔双调〕卖花声

悟世

【原文】

肝肠百炼炉间铁①，富贵三更枕上蝶②，功名两字酒中蛇。尖风薄雪，残杯冷炙，掩清灯竹篱茅舍。

【注释】

①"肝肠"句：此句语意双关，既含有人要像炉中的铁那样，愈锻炼，愈坚强；又有悲叹自己历经磨难之意。

②"富贵"句：富贵像三更半夜的一场幻梦。

【赏析】

此篇开篇，作者即用一个简洁的鼎足对，指出自己的意志有如久经锤炼的钢铁，而富贵功名则宛若枕上蝶和酒中蛇，虚幻飘缈。

接下来的三句，似乎是表明自己、甘于清贫的生活态度，但深长思之，其蕴含的思想却要厚重深沉得多：风雪旋飞，严寒砭骨，然而一贫如洗的知识分子一边用剩酒残羹果腹,一边则只能在竹篱茅舍中,在如豆青灯之下苦读。

这与前面被否定的富贵生活,显然是一种反差强烈的对比。

它通过对于知识分子饥寒交迫的现实生活的描绘,可以引发出对于广大人民群众更为悲惨的命运的思考。

这使得这篇小令在某种程度上具有了对封建专制社会进行整体谴责的抗议书的意味。

这是乔吉散曲创作的另一个重要特色。

〔双调〕水仙子

寻梅

【原文】

冬前冬后几村庄,溪北溪南两履霜①,树头树底孤山②上。冷风来何处香?忽相逢缟袂绡裳③。酒醒寒惊梦④,笛凄春断肠,淡月昏黄⑤。

【注释】

①两履霜:一双鞋沾满了白霜。

②孤山：在杭州西湖之中，北宋著名诗人林逋曾隐居于此，植梅养鹤，"孤山梅"因此而名传遐迩。

③缟袂绡裳：缟（gǎo）袂（mèi），素绢的衣袖。绡裳，薄绸的下衣。此处将梅花拟人化，将其比作缟衣素裙的美女，圣洁而飘逸。

④酒醒寒惊梦：寒气融着梅香袭来，酒也醒了，梦也醒了。

⑤淡月昏黄：月色朦胧（空气中浮动着梅花的幽香）。

【赏析】

梅一直是中国历代文化歌吟的对象。在朔风中绽放的梅花，与经冬不雕的松、竹一起被誉为"岁寒三友"。

傲霜斗雪、一尘不杂的高洁品格,成为梅花最为典型的本质特征。此篇头三句所描绘的寻觅梅花的过程,事实上乃是作者对于玉洁冰清、傲世独立的精神世界的执着追求。"冷风来何处香?忽相逢缟袂绡裳"两句,给人一个踏破铁鞋以后终获至宝的惊喜,是一种终达彼岸世界的愉悦。出人意料的是,作者的情绪却陡然倒转:冷风彻骨,骤然酒醒,凄婉的笛声令人断肠;而朦胧的月色,正把梅花消融。曲终奏哀,何必如此?这自然应同作者当时所处的险恶的社会环境使得一切美好的愿望与努力难以实现这一角度来进行思索。

本篇情感起伏回环,情节一波三折,真实地记录了作者复杂的心曲,折射着当时复杂的社会现实。

〔双调〕清江引

即景

【原文】

垂杨翠丝千万缕①,惹住闲情绪②。和泪送春归,倩③水将愁去,是溪边落红昨夜雨。

2144

【注释】

①"垂杨"句：翠绿繁茂的千万缕柳条，柔韧如丝。

②"惹住"句：柳丝招惹起了我闲愁的情绪。闲情绪：指闲愁。

③倩：借助语，"请求"的意思。

【赏析】

此作是一篇意境悠远的惜春曲。翠绿的垂柳、飘拂的柳丝，引起心中闲愁。作者一边以泪眼送春归去，一边请求溪水能将闲愁带走。"诗眼"就在这"闲愁"二字。何以"闲愁"至此？是因为目睹落红满地，春天将归，而联想青春不再韶华易逝吗？从字而上似乎可作如此联想。但其深层含义恐不只此：它恐怕与专制制度下真善美常被假恶丑戕贼相关连。作品曲终似乎又未终，模糊的表达引起人们绵长的情思与深的思索。

〔双调〕水仙子

重观瀑布

【原文】

天机织罢月梭闲，石壁高垂雪练寒。冰丝带雨悬霄

汉，几千年晒未干。露华凉人怯衣单。似白虹饥涧，玉龙下出，晴雪飞滩。

【赏析】

此曲即景抒情，移情与景，将景人格化：那瀑布的雄伟壮丽与人的博大精神，坚定意志正可相互发明。此作读之令人心旷神怡，如入其境，亲身感受到那份力的壮美。

〔双调〕水仙子

梦觉

【原文】

唤回春梦一双蝶，忙煞黄尘两只靴。三十年几度花开谢，熬煎成头上雪。海漫漫谁是龙蛇？鲁子敬施惠，周公瑾会打趓。千古豪杰。

【赏析】

此曲写作者三十年的人生体验与感悟，言简形真意丰，举英豪只鲁肃与周瑜二人，表现出作者的人生价值取向。

〔越调〕天净沙

即事

【原文】

莺莺燕燕春春，花花柳柳真真。事事风风韵韵一娇娇嫩嫩，停停当当人人。

【赏析】

本篇系叠字小曲，十四对、二十八字全部都用成双成对的叠字，真可谓妙语天成，自然通俗，颇可一读。此作或无微言大义，但却展现出作者创作的别一风姿。

〔双调〕水仙子

赠江云

【原文】

白蘋吹练洗闲愁，粉絮成衣怯素秋。高情不管青山瘦，伴浔阳一派流。寄想思日暮东洲。有意能收放，无心尽去留。梨花梦湘水悠悠。

【赏析】

　　本篇另具一格：作者将江上云与人名字连成一体，写"江云"一人如云如水。咏物抒情，景物人化，人名景物化，再次表现出作者多方面的创作才能。

〔双调〕折桂令

荆溪即事①

【原文】

　　问荆溪溪上人家，为甚人家②，不种梅花？老树支门③，荒蒲绕岸，苦竹圈笆④。寺无僧狐狸样瓦⑤，官无事乌鼠当衙⑥。白水黄沙，倚遍栏干，数尽啼鸦。

【注释】

①荆溪：溪名，位于江苏省宜兴县，因靠近荆南山得名。

②为甚人家：是什么样的人家。

③老树支门：用枯树支撑门，陆游诗："空房终夜无灯下，断木支门睡到明。"

④圈笆：圈起的篱笆。

⑤样瓦：戏要瓦块。

⑥乌鼠当衙：乌鸦和老鼠坐衙门。

【赏析】

这支曲子以写荆溪岸边荒芜景色来抨击元代社会黑暗，从古迄今住在荆溪的人们就有种梅的习惯，可是作者来到此地却看不到梅花。他询问荆溪的人家，为何"不种梅花？"作者视野所及，到处是荒凉和贫穷的景色：枯树支撑着院门，野草环绕着溪岸，生计无法解决，何谈去种梅花。这支曲子托物寄志，将描写荆溪两岸的荒凉同揭露当时的黑暗吏治交织在一起，"官无事乌鼠当衙"即是有力的一笔。

刘 致

　　刘致（生卒年不详），字时中，号逋斋，石州宁乡（今山西平阳）人。历任永新州判、翰林待制，浙江行省都事等职。与卢挚、马致远有酬唱之作。散曲作品今存七十余首。

〔中吕〕朝天子

邸万户席上

【原文】

　　《虎韬》，《豹韬》①，一览胸中了。时时拂拭旧弓刀，却恨封侯早。夜月铙歌②春风牙纛③，看团花锦战袍。鬓毛，木雕④，谁便道冯唐⑤老？

【注释】

　　①《虎韬》，《豹韬》：中国古代兵书《六韬》中的两卷。传为姜太公著。现存六卷：即《文韬》、《武韬》、

《龙韬》、《虎韬》、《豹韬》、《犬韬》。

②铙歌：军乐，乐府"鼓吹曲"的一部，行军时在马上吹奏。

③牙纛：亦称牙旗，用象牙饰于竿子上的军中大旗。

④鬓毛，木雕：联系后句"谁便道冯唐老"词意，或为"鬓毛，未雕"之误，意谓两鬓未斑，年尚未老。

⑤"谁便道"句：《汉书·冯唐传》载，冯唐，西汉安陵人，文帝时为中郎署长，年已老。武帝时，求贤良，又被举荐，时年已 90 多岁，不能为官，乃以子遂为郎。

【赏析】

刘致的这首小令，是写军旅生活的，这在元代散曲作品中，实不多见。

此作精心刻画了一个久经沙场，虽年事已高，却仍壮心不已的老将军的形象。

开篇用"《虎韬》，《豹韬》，一览胸中了"三句，准确地描画出足智多谋，胸藏甲兵百万的元戎风貌。接着，又以"时时拂拭旧弓刀，却恨封侯早"两句，将诗篇所歌咏的主人公邸万户老骥伏枥、壮心不已的情怀及他功高资深的战斗阅历，高度警惕敌情的诸多特点给予极富层次感的表现。底下三句，是对军营整肃豪壮的全貌所作的鸟瞰。

作者最后唱道："鬓毛，未凋，谁便道冯唐老！"以奔放之情，显老将军的奔放之态，创作主体与表现客体几近融一，荡人心魄，催人奋起。

〔仙吕〕醉中天

【原文】

花木相思树，禽鸟折枝图①。水底双双比目鱼②，岸上鸳鸯户。一步步金镶翠铺③。世间好处，休没寻思④，曲卖了西湖⑤。

【注释】

①折枝图：花卉画的一种表现形式，所画的花卉不画全株，只画花枝折下来的一部分，韩偓《已凉》："猩血屏风画折枝。"

②比目鱼：通常用来比喻夫妻。

③一步步金镶翠铺：到处是用金子镶嵌用玉铺成的。此处指杭州景色之美。

④休没寻思：不要不加考虑。

⑤典卖：典当出卖。

【赏析】

这首曲子是描写西湖风光的一篇佳构。西湖一直是

元　曲

文人墨客歌咏描写的对象。宋人林开在《题临安邸》诗：
"山外青山楼外楼，西湖歌舞几时休？暖风熏得游人醉，
直把杭州作汴州。"旨在讽刺偏安江南的南宋统治者不思
恢复，而一味醉生梦死。刘致的这篇作品继承了林诗的
思想意绪，借景抒情，既生动地描绘了西湖的景色，也
表现出自己的爱国主义情怀。

这支曲子的结尾极佳饶有意味，面对西湖美景，作
者想起宋人"典索西湖"的谚语，忧国之情油然而生，
写出了"世间好处，休没寻思，典卖了西湖"的警语，
有如黄钟大吕，警告统治者不要把西湖典卖了。这是何
等样的感时忧国情怀，至今仍令人深长思之。

〔双调〕折桂令

疏斋同赋木犀①

【原文】

　　似娟娟日暮娥皇。翠袖天寒，静倚修篁。怅望夫君，
低回掩抑，淡尽啼妆。贴体衫儿淡黄，掩胸诃子金装。
高洁幽芳。一片秋光，满地清香。

【注释】

①疏斋，是卢挚号，此曲系与卢唱和之作。

【赏析】

作者写用拟人法和人格化木犀（桂花），使之读来呼之欲出，如见其形，如闻其香，如触其质，如与花耳鬓厮磨，从而忘我，如此写花，堪称一绝。

〔双调〕清江引

【原文】

春光荏苒如梦蝶，春去繁华歇。风雨两无情，庭院三更夜。明日落红多去也。

【赏析】

此曲以简洁明快的词语，诉说自己对于春光流逝的心理感觉，惜春、伤春而无凄切消极，显得达观，自然。

〔正宫〕端正好①

上高监司② (套数)

【原文】

众生灵遭磨障③，正值着时岁饥荒。谢恩光拯济皆无恙④，编作本词儿唱。

〔滚绣球〕⑤去年时正插秧，天反常，那里取若时雨降⑥？旱魃生四野灾伤⑦。谷不登，麦不长，因此万民失望。一日日物价高涨，十分料钞加三倒⑧，一斗粗粮折四量⑨，煞是凄凉！

〔倘秀才〕⑩殷实户欺心不良⑪，停塌户瞒天不当⑫。吞象心肠歹伎俩⑬：谷中添秕屑⑭，米内插粗糠，怎指望他儿孙久长！

〔滚绣球〕甑生尘老弱饥⑮，米如珠少壮荒⑯。有金银那里每典当⑰？尽枵腹高卧斜阳⑱。剥榆树餐，挑野菜尝。吃黄不老胜如熊掌⑲，蕨根粉以代粀粮⑳。鹅肠苦菜连根煮㉑，荻笋芦萌带叶庄㉒，则留下杞柳株樟㉓。

〔倘秀才〕或是捶麻柘稠调豆浆㉔，或是煮麦麸稀和细糠㉕，他每早合掌擎拳谢上苍㉖。一个个黄如经纸㉗，一个个瘦似豺狼，填街卧巷。

〔滚绣球〕偷宰了些阔角牛，盗斫了些大叶桑。遭时疫无棺活葬㉘，贱卖了些家业田庄。嫡亲儿共女，等闲参与商㉙，痛分离是何情况！乳哺儿没人要撇入长江。那里取厨中剩饭杯中酒，看了些河里孩儿岸上娘，不由我不哽咽悲伤。

〔倘秀才〕私牙子船湾外港㉚，行过河中宵月朗，则发迹了些无徒米麦行。牙钱加倍解㉛，卖面处两般装㉜，昏钞早先除了四两㉝。

〔滚绣球〕江乡前㉞，有义仓㉟，积年系税户掌㊱。借贷数补答得十分停当㊲，都侵用过将官府行唐㊳。那近日劝粜到江乡㊴，按户口给月粮。富户都用钱买放，无实惠尽是虚桩㊵。充饥画饼诚堪笑，印信凭由却是谎㊶，快活了些社长知房㊷。

〔伴读书〕㊸磨灭尽诸豪壮㊹断送了些闲浮浪㊺。抱子携男扶筇杖^⑯，尪羸伛偻如虾样^⑰。一丝好气沿途创^⑱，阁泪汪汪^⑲。

〔货郎〕^⑳见饿莩成行街上^㉑，乞出栏门斗抢。便财主每也怀金鹄立待其亡^㉒。感谢这监司主张，似汲黯开仓^㉓。披星带月热中肠，济与茕亲临发放^㉔。见孤孀疾病无飰向^㉕差医煮粥分厢巷。更把赃输钱分例米多般儿区处的最优长^㉖。众饥民共仰，似枯木逢春，萌萌再长。

〔叨叨令〕^㉗有钱的贩米谷置田庄添生放^㉘，无钱的少过活分骨肉无承望^㉙；有钱的纳宠妾买人口偏兴旺，无钱的受饥馁填沟壑遭灾障^㉚。小民好苦也么哥^㉛，小民好苦也么哥，便秋收鬻妻卖子家私丧^㉜

〔三煞〕这相公爱民忧国无偏党^㉝，发政施仁有激昂^㉞。恤老怜贫，视民如子，起死回生，扶弱摧强。万万人感恩知德，刻骨铭心，恨不得展草垂缰^㉟。覆盆之下，同受太阳光^㊱。

〔二〕天生社稷真卿相，才称朝庭作栋梁^㊲。这相公主见宏深，秉心仁恕，治政公平，恺悌慈祥^㊳。可与萧曹比并^㊴，伊傅齐肩^㊵，周召班行^㊶。紫泥宣诏^㊷，花衬马蹄忙^㊸。

〔一〕愿得早居玉笋朝班上^㊹亻看金瓯姓字香^㊺。人阙朝京，攀花附凤^㊻，和鼎调羹^㊼，论道兴邦。受用取貂蝉济楚⑦，衮绣峥嵘⑦，珂佩丁当⑧。普天下万民乐业，都知是前任绣衣郎③。

〔尾〕相门出相前人奖，官人加官后代昌。活被生灵恩不忘，粒我烝民德怎偿⑧。父老儿童细较量⑧，樵叟渔夫曹论讲。共说东湖柳岸旁⑧，那里清幽更舒畅。靠着云卿苏圃场⑧，与徐孺子流芳挹清况⑧。盖一座祠堂人供养，立一统碑碣字数行⑰，将德政因由都载上，使万万代官民见时节想。

【注释】

①端正好：曲牌名。

②高监司：即廉访使高纳麟。监司，元代监察州郡地方官员之职，又称廉访使。

③众生灵遭魔障：老百姓们都遭受灾难。魔障，灾难。

④谢恩光拯济皆无恙：感谢您拯世济民的恩德使百姓免遭苦难。恩光，恩德的光辉。拯济，拯世济民。

⑤滚绣球：曲牌名。

⑥取若时雨降：得到及时雨。取若，犹言得到、取得。时雨，及时下的雨，《孟子·滕文公下》："如时雨降，民大悦。"

⑦旱魃：干旱之妖，《诗经·大雅·云汉》："旱魃为

2158

虐，如惔如焚。"　"疏"引
《神异经》说："南方有人，
长二三尺，袒身而目在顶
上，走行如风，句曰魃，所
见之国大旱，赤地千里，一
句旱母"。

⑧十分料妙加三倒：
十分的纸币只能按三成倒
换，这是说粮价暴涨，钱不
值钱。料钞，元代发行的一
种纸币。加三倒，指纸币只
能按三成折价。

⑨折四量：一斗粮食
要折除四升。

⑩倘秀才：曲牌名。

⑪殷实户：指富有的人家。

⑫停塌户瞒天不当：囤积居奇的富户瞒心昧己太不
应该。停塌户，指囤积居奇的富户。

⑬吞象心肠歹伎俩：贪得无厌、歹毒恶劣的手段。
吞象心，《山海经·海内南经》："巴蛇食象，三岁而出其
骨。"俗语所谓"人心不足蛇吞象"。

⑭秕屑：不实的谷子和碎糠。秕，谷子颗粒不实。

⑮甑生尘老弱饥：做饭的饮具已积满灰尘，老人小孩忍饥挨饿。甑，古代煮饭用的炊具。生尘，长久不用，落满尘土。

⑯米如珠少壮荒：米如同珍珠一样稀少昂贵，青壮年受饥荒。

⑰典当：抵押换钱。

⑱尽枵腹高卧斜阳：空着肚子躺到太阳偏西。枵腹，空着肚子。

⑲吃黄不老胜如熊掌：吃苦涩的黄檗胜过了吃熊掌。黄不老，即黄檗，又叫黄柏，可入药，也可食用。熊掌，味肥美，食品中之珍贵者。

⑳蕨根粉以代糇粮：用蕨菜根磨的粉代替干粮。蕨根，蕨菜的根，蕨是一种野菜。糇粮，干粮。

㉑鹅肠苦菜：野菜名，又叫蘩缕，味苦可食。

㉒荻笋芦莴带叶庄：荻草的幼苗、芦苇的嫩茎带着叶子一起吃。荻笋，荻草的幼苗似竹子的笋，故叫荻笋。芦莴，芦苇的嫩茎。庄，吞咽。

㉓杞柳株樟：柳树和樟树。杞，柳树的一种，杞柳连用，泛指柳树。株樟，指樟树，这些树都不能吃。

㉔捶麻柘稠调豆浆：捣碎了麻籽和柘树果实调在豆

浆里。麻，指麻籽。柘，指柘树的果实。

㉕煮麦麸稀和细糠：把麸皮和谷糠一起煮成稀汤。

㉖他每早合掌擎拳谢上苍：他们早已合掌举手感谢上天。他每，他们。擎拳，举手抱掌作揖。上苍，老天。

㉗黄如经纸：脸黄得如同黄表纸。经纸，抄印经书用的纸，俗称黄表纸。

㉘遭时疫：遭到流行的瘟疫。

㉙嫡亲儿共女，等闲参与商：亲生的儿女，如参星和商星永不相见。等闲，犹言寻常，这里有一般、如同的意思。参与商，本为天上星宿名。参、商二星东西相对，此出彼没，永不相见。

㉚私牙子船湾外港：粮食贩子把船停泊在港外。私牙子，做投机买卖的人。湾作动词用，指停泊。

㉛牙钱加倍解：捐客的佣金加倍支付。牙钱，在卖主与买主之间代为商量价格并从中收钱的人称为"牙行"，他们所得的钱叫牙钱。解，支付。

㉜卖面处两般装：卖面的人佯装公平，实际上暗中捣鬼。两般装，表里不一。

㉝昏钞早先除了四两：破旧的纸钞十两只能做六两用。昏钞，纸币破旧叫昏钞，据元朝《元典章·户部昏钞》规定："江南镇店，买卖辏集，每倒昏钞，直须远赴

立库处倒换……"。实际上奸商利用灾荒进行敲诈，昏钞要扣除十分之四的价值。

㉞江乡：指江岸边的乡村。

㉟义仓：旧时准备救济灾荒的积谷仓。

㊱积年系税户掌：历来是由财主家掌管。积年，历年。税户，纳税的大户。

㊲借贷数补答得十分停当：掌管义仓的人把借贷的帐目补写得十分妥当。补答，添添补补。

㊳都侵用过将官府行唐：管义仓的官员都侵吞、贪污过义仓的粮食，再用官府的名义搪塞。行唐，搪塞。

㊴劝粜：官府要义仓卖粮救灾。

㊵无实惠尽是虚桩：没有实际受到好处，都是装模作样。虚桩，不办真事。

㊶印信凭由却是谎：开仓济贫的那些文书图章都是撒谎骗人的。

㊷快活了些社长知房：只有那些社长、知房等人得到了好处，所以他们快活。社长，元代乡村基层组织，五十家为一社，选年长有威望的人作社长。知房，村中同姓房族中的管事人。

㊸伴读书：曲牌名。

㊹磨灭尽诸豪壮：磨折尽了多少人的豪情壮志。

㊺闲浮浪：游手好闲的人。

㊻筇杖：竹制拐杖。筇，古书记载的一种竹子，可做手杖。

㊼尪羸伛偻：瘦弱驼背。尪羸，瘦弱。

㊽一丝游气沿途创：只剩下一口气了，还要在路上挣扎。游气，原作“好气”，形近而误，今改，意谓只剩下了细微的呼吸。创，疑借作闯。

㊾阁泪汪汪：眼眶里含着汪汪的泪水。

㊿货郎：曲牌名。

(51)饿莩：饿死的人。

(52)便财主每也怀金鹄立待其亡：就连财主们也是腰里藏着金银而买不到粮食，只有等死。怀金，腰里存着钱。鹄立，鹄是天鹅，犹言象天鹅一样伸长脖子只立着。

(53)似汲黯开仓：高监司如同汲黯开仓救灾。汲黯，人名，《史记·汲郑列传》说，汲黯是汉武帝时一个官吏，曾奉旨到河南省黄河以北地区视察火灾，看到水旱灾害严重，不等朝廷命令，自行开仓济贫。

(54)济与粜自临发放：高监司亲自赈济和卖粮给灾民。济，赈济。

(55)孤孀疾病无皈向：孤儿寡妇有疾病而无依无靠。皈向，归宿、依靠。

㊾更把赃输钱分例米多般儿区处的最优良：更把扣押的赃款和应分的米，都处理得公平合理。赃输钱，因赃输官的钱。分例米，按规定应分得的米。区处，分别情况逐项处理。

㊱叨叨令：曲牌名。

㊲添生放：增加放债的利息。生放，放债。

㊳无承望：没有指望。

⑥填沟壑：死在山沟道旁。

㊶也么哥：是《叨叨令》曲中习用语词，亦可作衬字用，相当于"啊"、"啊呀哎"之类。

⑫鬻妻卖子：卖掉妻子儿女。

⑬无偏党：不袒护亲朋私交。党，古代五百家为一党，此处指亲朋派系。

⑭发政施仁有激昂：高监司政绩显著，施行仁政，办事有魄力。激昂，气魄。

⑮展草垂缰：为报他人恩德而效犬马之劳。展草，相传三国时李信纯养一条狗，名黑龙，一天李信纯在野外草地里睡觉，突然草地起火，李信纯不知，仍旧酣睡，此时黑龙跳入水中，浑身湿透，然后跑回李信纯睡觉的地方，用身体将周围烈火滚灭，使信纯得免一死。垂缰，据传，晋时前秦主苻坚被慕容冲打败，滚鞍坠入山涧，

他的坐骑见主人跌入洞中，就把缰绳垂下，让符坚抓住缰绳爬上来。

⑥覆盆之下，同受太阳光：高监司的恩德像太阳的光辉，照到了最黑暗的地方。覆盆，倒扣着的盆，阳光照不到的地方，元代有"覆盆不照太阳辉"的成语。

⑥栋梁：比喻能够担负起国家重任的人才。

⑥恺悌：和乐亲切。

⑥萧曹比并：与萧何、曹参相比。

⑦伊傅齐肩：与伊尹、傅说（yuè）相同。

⑦周召（哨 shào）班行：和周公旦、召公奭同列。班行，同一行列，柳宗元《为崔中丞请朝观表》："厕蹈舞于群寮，备班行于散地"。

⑦紫泥宣诏：皇家召见高监司。紫泥，皇帝召书要用紫泥封印，故称紫泥宣诏。

⑦花衬马蹄忙：传递诏书的驿马在夹道的花丛中匆忙奔驰。

⑦愿得早居玉笋朝班上：祝愿早早位居朝廷众大臣的行列中。玉笋，人才众多。朝班，朝廷大臣的行列。

⑦伫看金瓯姓字香：我愿看到你辅国安民，让你的美名流芳百世。伫，长久地站着看。金瓯，用金做的瓯，喻国家巩固，《南史·朱异传》："武帝言，我国家犹若金

瓯无一伤缺。"姓字香，姓名香，犹言美名流芳百世。

⑦攀龙附凤：辅助皇帝。龙、凤，都指皇帝。

⑦和鼎调羹：治理朝政。和鼎，鼎是古代的一种炊具，和鼎即调和鼎，言治理国家大事如同做饭菜一样有条有理。

⑦受用取貂蝉济楚：头戴整洁的貂蝉冠，其意是说担任国家重臣。貂蝉，指貂蝉冠，即用貂尾和蝉羽所饰之冠，一名笼巾，三公、亲王等重臣于大朝会时所戴。济楚，整齐、华丽。

⑦衮绣峥嵘：身着绣有衮纹的华贵朝服。峥嵘，本指山势很高的样子，此处指华贵。

元 曲

⑧珂佩丁当：身上佩带的玉器叮当作响。

㉛绣衣郎：汉代有专负弹劾地方官员的绣衣直指，此处指高监司。

㉜粒我烝民德怎偿：让我们百姓能吃上饭，这样的恩德怎样才能报答。粒，指粮米。烝民，众民、百姓，"粒我烝民"就是让我们百姓吃上饭。

㉝细较量：仔细思量。

㉞东湖柳岸旁：此处借用南宋隐士苏云卿辞官归田之故事。传说苏云卿曾谢绝了张浚劝他做官的请求，甘愿归隐。东湖，在豫章（今江西南昌）附近，苏云卿在此隐居。

㉟云卿苏圃场：即苏云卿隐居时的菜园。

㊱与徐孺子流芳挹情况：和徐孺子这种美名远扬的人共享清幽的景况。徐孺子，即徐稚，字孺子，东汉豫章（今江西南昌）人，家贫好学，品格清高。挹，牵引、赏看。清况，清幽的景象。

㊲立一统碑碣：立上一座石碑。一统，一座。碑碣，圆形的碑叫碣，此处指石碑。

【赏析】

元天历二年（公元1329），江西等地遭受旱灾，当时高纳麟出任江西道廉访使。大旱翌年，刘致写了这篇套曲给他，反映灾民悲惨生活，望他能及时赈济灾民。由于作者有此意图，故曲子的后半难免写了些谀词。然而此曲真实地描绘了江西大旱的悲惨画面，深刻地展示了灾区、饿殍盈野的惨象，并严厉斥责了富豪奸商，借灾发财滔天罪行。对元代社会黑暗现实进行了难以伦比的揭露与抨击。如此针砭时弊、敢于触痛最高统治者神经的作品，在整个中国古典文学作品中也极为鲜见。

　　这篇套曲长达千言，在元曲中可谓巨制。它有如下几个特点：第一，揭示了重大社会问题，反映了深刻的政治内容，表现出了作者鲜明的爱憎立场。作者敢于直面当时社会黑暗现实，大胆暴露社会矛盾，堪称现实主义力作。对饥寒交迫的灾民寄予深厚的同情，对那些奸商富豪则喷以无情的毒焰愤火。这种强烈的爱憎感情，能使读者的心灵，感受到九级风暴，并引起共鸣。第二，套曲在铺陈饥民的痛苦时，夹叙夹议，采用对比手法，让饥民之"苦"和奸商富豪之"乐"形成了强烈的反差，给人以深刻的刺激。第三，语言平易质朴。此曲虽然毫无古雅艰涩，语言通俗活泼，时带口语。陆侃如、冯沅君先生在《中国诗史》中说《上高监司》这篇套曲"议论纵横，内容深刻"，"在元曲里实在是最有价值的作品"；又说，刘致"颇像白居易，而这两套曲也仿佛白的

《秦中吟》。"此种评价，其有见地。

薛昂夫

　　薛昂夫（？～1345后），名超吾，回鹘（令新疆）人，维吾尔族。汉姓马，亦称马昂夫，字九皋。曾官三衢路达鲁花赤（元时官名），晚年退隐杭县（今杭州市东）。善篆书，有诗名。王德渊《薛昂夫诗集序》，称他"诗词新严飘逸，如龙驹奋迅，有'并驱八骄一日千里'之想"。《南曲九宫正始》序称"昂夫词句潇洒，自命千古一人"。其散曲今存小令六十五首，套数三套。

〔中吕〕朝天曲

【原文】

　　子牙，鬓华，才上非熊卦。争些老死向天涯，只恁垂钓罢。满腹天机，天人齐发，武王任不差。用他，讨罚，一怒安天下。

【赏析】

　　此曲系志人之作。作者对姜尚备加赞扬：周武王因信任、重用他，而得天下。这事实上是对周武王姜太公二人都给予了充分肯定。而其弦外之间则是抨击元朝统治者不能选贤任能，文人只好归隐山林。这是一篇抚古伤今之作。

〔双调〕蟾宫曲

叹世

【原文】

鸡羊鹅鸭休争。偶尔相逢，堪炙堪烹。天地中间，生老病死，物理长情。有一日符到奉行，只图个月朗风清。笑杀刘伶。荷插埋尸，犹未忘形。

【赏析】

昭示出作者人生观的一个方面：凡事达观，不必强争，顺其自然。颇有老庄思想之遗绪。

〔双调〕蟾宫曲

雪

【原文】

　　天仙碧玉琼瑶。点点扬花，片片鹅毛。访戴归来，寻梅懒去，独钓无聊。一个饮羊羔红炉暖阁，一个冻骑驴野店溪桥。你自评跋：那个清高？那个粗豪？

【赏析】

　　这是一篇咏雪诗章。其特点为，不集中笔力描写作者自身所见之雪，而是连用三个典故：王徽之雪夜访戴逵，到门不进而返，自称是"乘兴而来，兴尽而返"；孟浩然吟诗踏雪寻梅；柳宗元"独钓寒江雪"。作者从三个人物揭示了对雪的不同态度。究竟作者只问不答，何种为最，留给读者去思索。这开放式的结尾，使得作品更显洒脱，自然。

〔双调〕庆东原

西皋亭适应

【原文】

兴为催租败，欢因送酒来。酒酣时诗兴依然在。黄花又开，朱颜未衰，正好忘怀。管甚有监州？不可无螃蟹！

【赏析】

这是一首脍炙人口的佳作。作者清贫，虽有官府催租这样令人败兴的事，但他有酒便高兴。醉酒使他诗兴大发，租债早已忘怀。

管他什么监州官收租，喝酒岂能无螃蟹。作者人格放达，作品风格豪迈。

〔双调〕庆东原

西皋亭适兴①

【原文】

晓雨登高骤②，西风落帽羞，蟹肥时管甚黄花瘦③。红裙谩讴④，青樽有酒，白发无愁。晚节傲清霜⑤，老圃香初透⑥。

【注释】

①西皋（gāo）亭：亭名，疑在浙江杭县东北皋亭山上。

②晓雨登高骤：清晨登向高处，雨下得很急。

③蟹肥时管甚黄花瘦：秋天正是蟹肥时，那管秋风把菊花摧残。

④红裙谩讴：歌女慢声低唱。红裙，指歌女。谩，同慢。

⑤晚节傲清霜：晚年的节操比霜雪还要清白坚贞。

⑥老圃：种菜的老人。

【赏析】

此篇以潇洒之笔，表现作者狂放豁达、追求自由自在生活的情怀。

全曲言约意丰，全凭白描，而意蕴深远，耐人寻味。

〔正宫〕塞鸿秋

【原文】

功名万里忙如燕①，斯文一脉微如线②，光阴寸隙流如电③，风霜两鬓白如练④。尽道便休官：林下何曾见⑤？至今寂寞彭泽县⑥。

【注释】

①"功名"句：为了功名，整天像衔泥筑巢的燕子一样忙碌。功名万里：化用东汉名将班超投笔从戎，远赴西域，建功立业，最后得封定远侯的典故。

②"斯文"句：士子品格清高，文雅脱俗的传统，已微弱如线。比喻那些苟苟营营于功名利禄的人已把人格丧尽。

③"光阴"句：时间像白驹过隙，又如电光石火，转瞬即逝。寸隙：一寸那样的小缝隙。

④"风霜"句：饱经风霜的两鬓白得如素练一样。练：洁白的丝绢。

⑤"尽道"二句：都说就要辞官归隐，可林下哪里见到了？此是化用唐代灵沏和尚的诗句："相逢尽道休官去，林下何曾见一人！"

⑥"至今"句：直到现在也只有彭泽县令陶渊明孤独地一人辞官退隐。寂寞：此处指孤独、孤单。

【赏析】

薛昂夫这一首讽刺小令，尖锐地撕破了禄蠹们的鬼脸，假名士的画皮。

作品伊始，以四个比喻，生动地勾划出官迷、政客们的可鄙形象，并向他们发出了严厉的警告。这些痴迷于仕宦之途的可怜虫们，竭力投机钻营，为自己编织锦绣幻梦。他们蝇营狗苟，人格丧尽，知识分子所应有的斯文，在他们那里已经扫地。但正当他们为富贵功名而奔波劳碌的时候，青春却"流如电"般悄然逝去，两鬓业已斑白。当把这些名利之徒的丑态刻画得入木三分之后，作者的笔锋却又一转，从一个完全相反的角度，直刺这些人物的灵魂深处：恰恰是这些卑鄙猥琐的小人，偏偏装扮出一副清高脱俗的样子，煞有介事地"尽道便休官！"但他们只是"作戏的虚无觉，有谁见过他们如此为之？"至今寂寞彭泽县的有力反诘，有如重炮，将他们的言与行完全轰毁。

〔中吕〕山坡羊

述怀

【原文】

大江东去，长安西去，为功名走遍天涯路。厌舟车，喜琴书①，早星星鬓影瓜田暮②。心待足时名便足③：高，高处苦；低，低处苦。

【注释】

①"厌舟车"二句：厌烦舟车，喜欢琴书。陶渊明《归去来辞》："悦亲戚之情语，乐琴书以消忧"。

②"早星星"句：早已两鬓斑白，种瓜的召平也到了暮年。瓜田暮：系引召平种瓜之事。据《史记·萧相国世家》载：召平，秦时广陵人，封东陵侯；秦亡后为布衣，贫，种瓜于长安城东；瓜美，称为召平瓜。韩信被诛以后，刘邦派使者拜萧何为相国，众人皆贺，唯召平独吊，劝萧何让封不受。后将召平种田喻高韬远引。

③"心待"句：意思是思想上要是满足了，名也便满足了，便也心平气和了。

【赏析】

若是把〔正宫〕端正好"功名万里忙如燕"看作是轰毁假名士的利炮，那么，此篇〔中吕〕山坡羊《述怀》则是一篇对于充满着矛盾的自我灵魂的深刻解剖。作品前半部是回顾自己大半生的遭际："为功名走遍天涯路"的语风，已透出了对过往否定的消息。由于他在当时社会里是一个地位较高的"色目人"，他的官运还算顺畅。但"在其位"就必须"谋其政"，于是不由自主地在宦海中劳碌奔波。时光易逝，两鬓渐现白发。在此处，作者非常坦诚地进行自我剖析，对自己不能挣脱名缰利锁的羁绊，深自悔恨。小令后半部，则阐发了自己的切身体验："心便足时名便足"，"高，高处苦；低，低处苦"从而向世人发出警戒：人应当随遇而安，知足常乐，不要为功名所困。

此作坦荡真诚，直抒胸臆，毫不矫揉造作，这正与作者本人豪放不羁、光明磊落的人格精神相合。

〔双调〕楚天遥过清江引

【原文】

有意送春归，无计留春住①。明年又着来，何似休归去。桃花也解愁，点点飘红玉。目断楚天遥，不见春归路②。

春若有情春更苦，暗里韶光度③。夕阳山外山，春水渡傍渡，不知那答儿是春住处④。

【注释】

①"无计"句：南唐词人冯延巳〔鹊踏枝〕："雨横风狂三月暮，门掩黄昏，无计留春住"。此处功妙地借用其中一句。

②"目断"二句：望断遥远的南天，不见春天归去的道路。"不见春归路"，与南宋词人刘辰翁〔兰陵王〕《丙子送春》词意相似，其句为："送春去，春去人间无路"。

③"春若"二句：春天若是有情，她的心情会更加痛苦，因为美好的年华暗暗地逝去。

④"夕阳"三句：是落日斜照的远山、山外之山？还是春水荡漾的这个渡口、那个渡口？谁也不知春天的住处境意在何方。

【赏析】

惜春常怕春归去，这是中国历代骚人、墨客所常吟咏的主题。薛昂夫此篇亦如是。他想挽留春天，可是春天怎能锁住？于是"明年又着来，何似休归去"，作者只

好顺其自然，无可奈何地与春天洒泪而别。"桃花也解愁，点点飘红玉"。落水桃花春去也，那点点落红，作者将它看作是将归之春对自己的倩笑与安慰。这多少有点阿Q精神了。但自己仍离情难舍，又登高望远，目送春归。然而，"目断楚天遥，不见春归路"，远景杳渺，难见春之项背。下半部，作者突发奇想，将惜春、伤春的主体移到了春天这一客体上，将春天拟人化："春若有情春更苦，暗里韶光度"，春天也在为美好时光的飞逝而痛彻心脾。"夕阳山外山，春水渡傍渡，不知那答儿是春住处"，使题旨更加幽远；在这种无限怅惘的绵绵思绪中，也就使人自然产生了珍惜时光，珍惜青春，珍惜人生的自觉，这是从积极方面而言；若是从消极方面来说，也能使人产生人生苦短，及时行乐的思想。这首散曲文本在这方面所提供的是比较模糊的，这也是它的复杂性之所在。

〔双调〕折桂令

题烂柯石桥①

【原文】

懒朝元石②上围棋。问仙子何争，樵叟忘归。洞锁青霞③，斧柯已烂，局势犹迷④。恰滚滚桑田浪起⑤，又飘飘沧海尘飞。恰待持杯，酒未沾唇，日又平西！

【注释】

①烂柯：斧柄朽烂。常用此比喻世事变化之快。

②朝元石：道家弟子礼拜神仙的石台。

③洞锁青霞：洞口瑞云缭绕。

④"斧柯"二句：斧柄已烂，可棋局仍然扑朔迷离，胜负难卜。

⑤"恰滚滚"二句：刚刚桑田变沧海，浪涛滚滚；转瞬间又沧海变桑田，尘土飞扬。

【赏析】

这首小令大有超脱尘寰、拥抱八荒之概，写得意境开阔，格调豪迈。王质入山采樵而遇神仙弈棋，俄顷斧柄朽烂，回家则发现已过去了几代时光的故事，是一个经常被人抒写的题材。然而在薛昂夫笔下，另有一番新姿。开篇一个"懒"字把烂柯的神话一笔抹倒：在作者看来，这纯系小事一桩，不值大惊小怪。他所瞩目的，是更为广阔的时间与空间："恰滚滚桑田浪起，又飘飘沧海尘飞"！接着，作者又从沧海桑田的瞬息万变，回归到人类本身："恰待持杯，酒未沾唇，日又平西"，警策峭拔，蕴意深远。本来此处是说时间疾驰，极易使人感伤人生，可是由于大开大合，却予人一种纵横时空的无比旷达。因此尽洗虚无之气，令人颇感豪迈。此作堪称是一篇立于宇宙之巅放号之作。

苏彦文

苏彦文（生卒年不详），钟嗣成《录鬼簿》下卷列于"已死才人不相知者"中，说他"有《地冷天寒》越调，及诸乐府，极佳"。套数〔越调〕"斗鹌鹑"《冬景》是他仅存之作。

〔越调〕斗鹌鹑

冬景（套数）

【原文】

地冷天寒，阴风乱刮。岁久冬深，严霜遍撒。夜永更长，寒浸卧榻①。梦不成，愁转加。杳杳冥冥，潇潇洒洒。

〔紫花儿序〕早是我衣服破碎，铺盖单薄，冻的我手脚酸麻。冷弯做一块②，听鼓打三挝③，天那，几时捱的鸡儿叫更儿尽点儿煞④。晓钟打罢，巴到天明⑤，剗地波查⑥。

〔秃厮儿〕这天晴不得一时半霎，寒凛冽走石飞沙，阴云黯淡闭日华⑦。布四野，满长空，天涯。

〔圣药王〕脚又滑，手又麻，乱纷纷瑞雪舞梨花。情绪杂，囊箧乏⑧。若老天全不可怜咱，冻钦钦怎行踏⑨。

〔紫花儿序〕这雪袁安难卧⑩，蒙正回窑⑪，买臣还家⑫。退之不爱⑬，浩然休夸⑭。真佳，江上渔翁罢了钓槎⑮。便休题晚来堪画，休强呵映雪读书⑯，且免了这扫雪烹茶。

〔尾声〕最怕的是檐前头倒把冰锥挂⑰，喜端午愁逢腊八⑱。巧手匠雪狮儿一千般成⑲，我盼的是泥牛儿四九里打⑳。

【注释】

①夜永更长，寒浸卧榻：漫长的冬夜，寒气浸透了床铺。永，长。更，古时一夜分为五更。

②冷弯做一块：因天气严寒，人冻得将身体蜷缩成一块。

③听鼓打三挝（zhuā）：听见更鼓打了三下。鼓，指更鼓。挝，打，此处可作"遍"解，言更鼓已打过三遍。

④更儿尽点儿煞：盼望赶快天明。"更"、"点"都是古代夜晚计时的标志，一夜分为五更，一更分为五点。此处是说更儿赶快尽，点儿赶快完。

⑤巴到天明：巴不得盼到天明。

⑥刬（chǎn）地波查：白白地受折磨。刬地，白白地。波查，折磨，元剧《灰阑记》三折《古水仙子》："我！我！我！因此上受波查。"

⑦闭日华：遮闭了太阳的光。日华，日光。

⑧囊箧（qiè）乏：生活贫困，一文不鸣。囊，口袋。箧，小箱子。乏，贫乏。

⑨冻钦钦怎行踏：冻得怎能行走。冻钦钦，形容冻的样子。行踏，行走。

⑩这雪袁安难卧：这样的大雪袁安也难以安然独卧。袁安，东汉汝阳人，字邵公，未达时，洛阳大雪，别人多出门乞食，唯袁安独卧于床。

⑪蒙正回窑：连吕蒙正也要回到他的窑洞去了。吕蒙正，宋朝河南人，字圣功，太平兴国时进士，自淳化至咸平年间，三次入为相，据传，未达时，有富家女刘月娥掷彩球选为婿，刘父嫌吕家贫，因而刘月娥同父决裂，被赶到破窑居住。后吕蒙正中状元、父女和好。元杂剧有《吕蒙正风雪破窑记》，传为关汉卿或王实甫作。

⑫买臣还家：朱买臣也要回家。买臣，即朱买臣，西汉吴县（今江苏吴县）人，汉武帝时任会稽太守，未

达时家贫，靠卖柴为生。

⑬退之不爱：韩愈不爱这样的大雪。退之，即唐代韩愈，字退之，昌黎人，大文学家，文章宏深奥衍，卓然成一家言，后学之士，取为师法，世称"韩文"，为唐宋八大家之一。据传说，其侄为韩湘子，学道成仙，为"八仙"之一。韩愈以谏迎佛骨事贬刺潮州，于赴任途中经蓝关，值大雪，马不能行，韩湘忽至，劝韩愈修道，韩愈终不听，曾写诗一首，中有"雪拥蓝关马不前"的诗句。

⑭浩然休夸：即孟浩然，据传他曾在大雪天骑驴赏梅，对雪十分喜爱，写过多首咏雪诗。这句是说连爱雪的孟浩然也不敢夸赞这样的大雪。

⑮钓槎：钓鱼的小船。

⑯休强呵映雪读书：不要勉强在这样大雪的天气中映雪读书。休强，不要勉强。映雪读书，晋韩孙康少年时笃志好学，家贫买不起灯油，就在雪里利用白雪反光读书。

⑰檐前头倒把冰锥挂：天气严寒，屋檐前倒挂着像锥子一样的冰溜子。

⑱喜端午愁逢腊八：喜欢端午节，因为端午已暖；愁腊八节，因为腊八正是天气最冷之时。

⑲雪狮儿：用雪堆成的狮子，为人们冬季所喜欢的游戏。

⑳泥牛儿四九里打：盼望着春天赶快到来。泥牛，即春牛，古时立春前一天有打春牛的风习，春牛本用土做成（后用苇或纸做），以红绿鞭打之，故又叫打春。四九，节令名，冬至后将八十一天分为九九，每一九为九天，立春本应在六九头一天，即"春打六九头"。但此首曲中唱的是"我盼的是泥牛儿四九里打"，意思是"盼望"着提前立春，好让天气赶快转暖。

【赏析】

雪是历代骚人吟咏的重要对象之一。但由于人们当时的生活和心境迥然有别，故其内容与风格亦大有不同。有意趣横生者，有无病呻吟者，亦有凄凄惨惨者。苏彦文的此作属于后者：寒风凛冽、大雪纷飞的寒士们正在严寒中挣扎。作品深刻。反映了元代社会知识分子的贫穷处境。这篇套曲一扫文人雅士赏雪赋诗的悠闲，而是旁征博引，以排比句式，极写风雪的可怕。它贴近生活本质，有着现实主义的深度与厚度。它是平民知识分子的诗。

张 雨

张雨（1277～1348），字伯雨，号贞居子，又名张天雨，自称句曲外史。钱塘（今浙江杭州市）人。年二十弃家为道士。以诗词著名，兼工书画。著有《茅山志》，并有《句曲外史贞居先生诗集》。散曲现仅存四支小令。

〔双调〕水仙子

【原文】

归来重整旧生涯，潇洒柴桑处士家。草庵儿不用高和大，会清标岂在繁华。纸糊窗，柏木榻。挂一幅单条画，供一枝得意花。自烧香童子煎茶。

【赏析】

此曲是作者对自己隐居生活的真实写照，与刘禹锡《陋室铭》有异曲同工之妙。真可谓"室雅何须大？花香不在多！"的世间高人。此曲用词朴实语意高雅，正切合着作者自身生活的朴素，情趣的高雅。

吴弘道

吴弘道（? ～1345）字仁卿，号克斋。金台蒲阴（今河北安国县）人。曾任江西省检校掾史。编有《中州启劄》一书，今存。另有《金缕新声》，《曲海丛珠》，现不传。著杂剧《手卷记》，《正阳门》等五种，亦不传。散曲风格清秀。《太和正音谱》称之"如山间明月"。现存小令三十四首，套数四套。

〔中吕〕上小楼

钱塘感旧

【原文】

虚名仕途，微官苟禄。愁里南闽，客里东吴，梦里西湖。到寓居，问士夫，都为鬼录。消磨尽旧时人物。

【赏析】

这首小曲真实地反映了作者厌恶功名利禄的清高品

格，透视出他对人的自由的真心向往。

〔南吕〕阅金经

伤春

【原文】

落花风飞去①，故枝②依旧鲜，月缺终须有再圆。圆，月圆人未圆③。朱颜变，几时得重④少年。

【注释】

①风飞去：被风吹飞。

②故：原来的。故枝：此处指落了花的树枝。鲜：鲜嫩。

③圆：此处是团圆的意思。

④重（chóng）：重新。

【赏析】

在这首曲中作者对青春易逝，好景不长，发出了深沉的感喟。其写作的具体体会，可以作品中出现的"落花"与"月缺"的意象来判断：大约是暮春三月的下弦。

古代文人与仕女，暮春时节每每对春风落花感伤；

在每月的下旬又对月缺发出悲叹。但此曲却从"落花"与"月缺"中找到足以慰藉的亮色：花瓣虽然飘落，但绿叶犹存；月亮虽然缺了，但还会重圆。这是大自然的规律。然而人生状况就不同了。月亮很快就会再圆，但自己浪迹天涯，与家人团聚遥遥无期。作者即景抒情，发出了"月圆人未圆"的感叹。脸上的红润渐消，几时能重新回复到少年时代？这种感叹恐怕不仅是士大夫的情趣了，它表达了人们共有的心理。正因此，它虽是直抒胸臆，但读后仍令人心潮难平。

阿鲁威

阿鲁威（生卒年不详），字叔重，号东泉，蒙古族人。曾任南剑太守和经筵官。今存小令十九首。

〔双调〕蟾宫曲

【原文】

问人间谁是英雄，有酾酒临江，横槊曹公①。紫盖黄旗②，多应借得，赤壁东风③。更惊起南阳卧龙④，便成名八阵图中⑤。鼎足三分，一分西蜀⑥，一分江东⑦。

【注释】

①"有酾（shí）酒临江"二句：借用苏轼《前赤壁赋》中之句子："酾酒临江，横槊赋诗，固一世之雄也。"此处指曹操临江饮酒，横握长矛吟诗，可谓一代英雄。酾酒，饮酒。槊，长矛。

②紫盖黄旗：指一种云气，也叫紫云，形状如黄旗紫伞。《三国志·吴志·孙皓传》记载："黄旗紫盖，见于东南，终有天下者，荆扬之君乎！"这是说黄旗紫盖状的云气，出现於东南方向，东吴可能得到天下。按照古代迷信说法，黄旗紫盖状的云气在哪里出现，哪里就会有真龙王子。此处比喻东吴孙权建立了帝业。

③赤壁东风：指东吴孙权。周瑜在赤壁大战曹操，诸葛亮借东风，火烧曹操战船，从而打败曹操，奠定了东吴立业兴邦的基础，同时形成了魏、吴、蜀三国鼎峙

的局面。

④更惊起南阳卧龙：诸葛亮崛起后辅助刘备建立统一大业。南阳卧龙，诸葛亮曾隐居于南阳卧龙岗，人称卧龙先生。

⑤八阵图：诸葛亮所作的阵形，一说在陕西沔县东南，一说在四川奉节县南，一说在四川新都县。

⑥西蜀：三国之一，又称蜀汉，公元221年刘备在成都称帝，国号汉。公元263年为魏所灭。因四川西部古代为蜀国，故历史上把刘备建立的国家称为西蜀。

⑦江东：指三国时孙权建立的吴国，地处江东，又称东吴。

【赏析】

这是一首咏史的曲子。作者曹操、周瑜、诸葛亮，赞颂其丰功伟业。借用典故，抓住"酾酒临江"、"赤壁东风"和"八阵图"等典型事件，言简意丰地塑造了曹操、周瑜、诸葛亮的英雄形象，并对三国鼎峙的形势进行了鸟瞰与概括。全曲写得沉郁奔放，与所吟咏的人物的胸襟抱负暗相契合。

〔双调〕水仙子

【原文】

夜来雨横与风狂，断送西园满地香①。晓来蜂蝶空游荡，苦难寻红锦妆②。问东君归计何忙③？尽叫得鹃声碎④，却教人空断肠。漫劳动送客垂杨⑤！

【注释】

①"断送"句：断送了满园鲜花。西园：汉上林苑，亦称西园；曹操在邺都也建有西园，曹丕有《芙蓉池作》诗："乘辇夜行游，逍遥涉西园"。后来以此泛指幽雅华美的园林、花园。

②"苦难寻"句：苦于寻不到锦缎般的鲜花。红锦妆，原指妇女华美的盛妆，这里喻指艳丽的鲜花。

③"问东君"句：问春神你回去得为什么如此匆忙。东君，春之神。

④"尽叫"句：杜鹃的啼鸣叫得人心都碎了。如马致远〔双调〕落梅风："纱窗外蓦然闻杜宇，一声声唤回春去"。

⑤"漫劳动"句：枉自劳驾你专事送别的垂杨柳。

古人送客至长安东之灞桥，即折柳话别，如唐雍陶《折柳桥》诗云："从来只有情难尽，何事名为尽情桥？自此改名为折柳，任他离恨一条条"。我国古代诗词中，杨柳常通用，故垂柳亦称垂杨。

【赏析】

这又是一篇伤春的小令。仅管此类作品层出不穷，但这一篇小令，却颇富新意，还蕴含着一种教人警醒的弦外之音。

开头四句，描绘出了一幅落花遍地，蜜蜂和蝴蝶空自在残枝败叶间徘徊，残春图画。紧接着，作者用拟人化的艺术手法，诘问春神为何走的如此忙迫；泣血啼鸣，更叫得人寸断肝肠，以至于连专事送别的垂杨也派不上用场了。微带怨怼语风，加深加重了对于春的迅速逝去的惋惜浓情。

黄庭坚《同元明过洪福寺戏题》一诗中有这样两句："春残已是风和雨，更著游人撼落花"，愤怒指责戕贼春天的人为力量。此篇小令的"夜来雨横与风狂，断送西园满地香"与黄诗似乎亦异曲同工：难道所指示仅为自然吗？它不可以理解为一种社会指向吗？难道不是亦可用事形容社会上的横暴势力对美好事物的摧残吗？读者尽可作出自己的判断。

虞　集

虞集（1272～1348），字伯生，蜀郡人，侨居江西临川。曾任翰林直学士兼国子祭酒，奎章阁侍书学士等。极负文名，"杏花春雨江南"的名句即出自他的手笔。散曲今存一首。

〔双调〕折桂令

席上偶谈蜀汉事因赋短柱体①

【原文】

銮舆三顾茅庐②，汉祚难扶③。日暮桑榆④，深渡南泸⑤。长驱西蜀，力拒东吴。美乎周瑜妙术⑥，悲夫关羽云殂⑦。天数盈虚⑧，造物乘除⑨。问汝何如，早赋归欤⑩。

【注释】

①短柱体：词曲中俳体的一种，两字一韵，每句往

往有两韵到三韵。

②銮舆三顾茅庐：刘备三次到隆中请诸葛亮出师，诸葛亮在《出师表》中说："先帝不以臣卑鄙，猥自枉屈，三顾臣于草庐之中。"銮舆，皇帝所乘的车驾，此处指刘备。

③汉祚难扶：汉朝的王位已难以扶持。祚，帝位。

④日暮桑榆：指诸葛亮晚年率军南征，平定南中诸郡叛乱的事。桑榆，傍晚时太阳在桑树和榆树间，故以桑榆喻指人的晚年。

⑤深度南泸：诸葛亮晚年率军渡过金沙江，平定叛乱。泸，泸水，即金沙江。

⑥美乎周瑜妙术：称颂周瑜力主抗曹，智胜曹兵于赤壁。周瑜。

⑦悲夫关羽云殂：悲叹关羽的死亡。夫，语助词。殂，死亡。

⑧天数盈虚：生死祸福都由天命、气数而定。天数，天命，气数。盈虚，即盈缩，伸长缩短之意，古时多指祸福成败，生死寿夭等。

⑨造物乘除：天神主宰着事物的消长盛衰。造物，旧时认为上天主宰着大自然，所以称天为"造物"。乘除，指事物的盛衰消长。

⑩早赋归欤：早早地辞官归隐吧！此处借用东晋诗人陶渊明《归去来辞》序中"眷然自归欤之情"的句子。欤，句末语气词，表示感叹。

【赏析】

这一首咏史作品。它以鸟瞰全局的气势，形象地描绘了三国时代群雄逐鹿的局面，称颂了诸葛亮、周瑜等人物的历史功绩。

三国故事，是历代文人争先歌咏的题目之一。宋元词曲中亦不鲜见。此作的不同之处在于以尺素之幅描写广阔的斗争画卷，作者昭示出的艺术概括力极为高超，不同反响。但作者把三国的盛衰兴亡，归结为"天数盈虚，造物乘除"，就未免陷入了宿命论思想。因此他的主张也是面对历史与现实的消极态度，只有早日归隐为是。

此曲采用了"两字一韵"的"短柱"体形式，字句严谨，妥贴，使曲子颇有古朴典雅之风。

马谦斋

马谦斋（约 1314～1341 后），生平不详。与张可久（小山）同时，张有赠马散曲。谦斋散曲多有愤世之作。今存小令十七首。

〔越调〕柳营曲

叹世

【原文】

手自搓，剑频磨。古来丈夫天下多。青镜摩挲，白首蹉跎，失志困衡窝。有声名谁识廉颇？广才学不用萧何。忙忙的逃海滨，急急的隐山河。今日个，平地起风波。

【赏析】

在元代异族统治下，知识分子多被压抑。诸多元曲作者，都曾对此发出感喟与吟咏。此曲亦是。作者愤世嫉俗，以辛辣之笔，抨击统治者不能任用人才，反而使他们非逃即隐的黑暗现实。此作愤懑之情溢于言表，作品因之亦呈苍劲奔放之风格。

〔越调〕柳营曲

咏竹

【原文】

贞姿不受雪霜侵，直节亭亭易见心。渭川风雨清吟枕，花开时有凤寻。文湖州是个知音。春日临风醉，秋霄对月吟。舞闲阶碎影筛金。

【赏析】

竹与梅一样，备受历代文人歌吟。此作亦是一首咏竹的佳作。作者将竹的品格与人的坚贞和刚直的性格，相融相汇，颇为感人。作者不在竹之形貌上多修落墨，却毕现竹之神韵。确为曲中高手。文湖州，即宋画家文同，后曾任湖州太守，故称文湖州。

〔双调〕沉醉东风

自悟

【原文】

取富贵青蝇竞血①，进功名白蚁争穴②。虎狼丛甚日休③？是非海何时彻④？人我场慢争⑤优劣，免使旁人⑥做话说。咫尺韶华去也⑦！

【注释】

①青蝇竞血：苍蝇在争着啄血。比喻当时社会尔虞我诈、明争暗斗。

②白蚁争穴：像一群蚂蚁在争着洞穴。

③虎狼丛：同下文的"是非海"、"人我场"皆是比喻当时官场乃至整个社会的黑暗。甚日：何日。

④彻：完结、结束之意。

⑤慢：同"漫"，不要的意思。

⑥旁人：指别人。

⑦咫尺韶华：指人生很短暂的光明。去：过去，消逝。

【赏析】

这是一首自省之曲。作者对自己以前的官场生涯作了深刻的反省。由于情真意切，内容真实，很能令读者有些大彻大悟之感。

开头两句用了以犀利笔锋，揭露当时官场丑态，真是入骨三分。当官的个个贪得无厌，有如嗜血苍蝇；人人拼斗不休，宛如占窝抢穴的白蚁。接下来又作进一步描绘，把官场比作虎狼丛，是非海。后三句抒写自己的处世态度：摆脱名利羁绊，不与人争长论短，洁身自好，免得旁人非议。人生苦短，韶华易逝，作者要幡然悔悟了。这种悔悟或曰觉醒，事实上也是对封建专制王朝的不合作态度，我们将其视为一种反抗，亦不为不可。

〔双调〕水仙子

雪夜

【原文】

一天云暗玉楼台，万顷光摇银世界①，卷帘初见栏干外。似梅花满树开，想幽人冻守书斋②。孙康朱颜变，袁安绿鬓改，看青山一夜头白。

【注释】

①万顷光摇银世界：无边无际的大雪在夜晚映现出闪光，整个世界都披上了银妆。万顷，极言无边无际。

②幽人：深居之人，此处指隐士。

【赏析】

此曲咏雪夜之景。曲子先写夜间大雪，天地一片白茫。气势恢宏开阔。作者善于运用夸张手法，生动地描绘天空彤云密布、整个世界如同万顷银海的壮美。曲子又借用典故，采用拟人手法，进一步烘托渲染夜雪的奇特风姿，构思新巧，画面生动。

张可久

张可久（约 1270～1348），字小山。庆元路（今浙江宁波市）人。曾为桐庐典史等。小县幕僚。生平好游，遍及江南。有《张小山北曲联乐府》三卷，又有《小山乐府》不分卷（天一阁本）。涵虚子论曲，称小山词"如

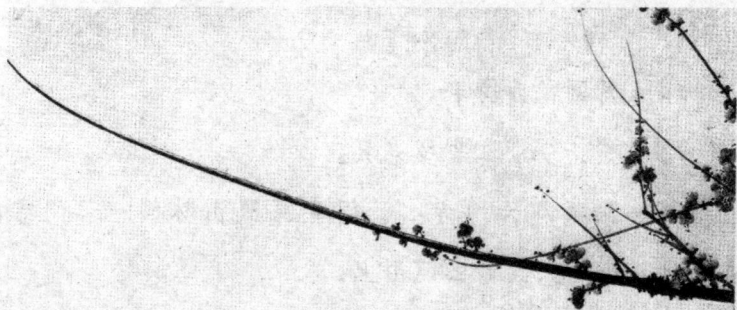

瑶天笙鹤"。又云"清而且丽，华而不艳，有不吃烟火食气，真可谓不羁之材；若被太华之仙风，招蓬莱之海月，诚词林之宗匠也，当以九方皋眼相之"。明李开先序乔吉、张可久二家小令，认为："乐府之有乔、张，犹诗家之有李、杜"。现存散曲作品小令八五五首，套数九套，其留存数量在元代散曲作品中堪称第一。

〔黄钟〕人月圆①

会稽怀古②

【原文】

　　林深藏却云门寺③，回首若耶溪④。苧萝人去⑤，蓬莱山在，老树荒碑。神仙何处，烧丹傍井⑥，试墨临池⑦。荷花十里，清风鉴水，明月天衣。

【注释】

①人月圆：曲牌名。

②会稽：今浙江省绍兴县。

③林深藏却云门寺：云门寺深藏山林间。云门寺，在今浙江省绍兴县南云门山上。

④若耶溪：在浙江省绍兴县南若耶山下，相传为越国西施浣纱处，故又称浣纱溪。

⑤苎萝人去：指西施去国。苎萝，即苎萝山，在浙江省会稽诸暨县南五里，《吴越春秋》说："勾践得苎萝山鬻薪之女曰西施。"注："在诸暨南五里，一名萝山，下临浣江，江中有浣纱石。"这里就是西施浣纱之处。

⑥烧丹傍井：在井水旁炼丹。

⑦试墨临池：浙江省永嘉故县积谷山麓，晋朝大书法家王羲之守永嘉时，常临池写字，池水因之为黑，宋朝米芾为池题词，写下"墨池"二字。

【赏析】

张可久的曲一般自然清丽，不着斧痕，读之如行云流水，给人以闲适放达之感。这首《会稽怀古》即如是。曲里的云门寺在绍兴县南云门山上，是一座著名古寺。但作者没有状写它的壮丽，追叙其历史的悠远，而是用"林深藏却"四个字，将其环境一笔点出，使人遐想。第二句"回首若耶溪",又在读者面前展现出另一幅画图:当你置面古寺时,却在山脚下看到一片开阔的溪水。倘若说云门寺和若耶溪还都是实写,那么"若耶溪"以下,便由现实回溯历史,想到了西施、王羲之的逸事;作者还把人们引入神仙境界:"荷花十里,清风鉴水,明月天衣"。是实境还是幻境?还是实幻参半,实幻相溶?管他呢!我们还是进入这"境"享受一番自然与惬意吧!

〔中吕〕满庭芳

金华道中

【原文】

营营苟苟。纷纷扰扰,莫莫休休。厌红尘拂断归山袖,明月扁舟。留几册梅诗占手,盖三间茅屋遮头。还能够:牧羊儿肯留,相伴赤松游。

【赏析】

此曲表现出作者愤世嫉俗的情绪。作者厌恶营营苟苟的红尘,恨不得用袖子将其全部拂去,然而难以实现。想学范蠡扁舟腋游湖,想学张良随赤松子游。范、张一流方是他的人生楷模'归来'的声音不断向他呼唤，此作表现出他与官场生活的完全对立。以摆脱官场而归隐心情。

〔中吕〕满庭芳

客中九日

【原文】

韩坤俯仰。贤愚醉醒，古今兴亡。剑花寒夜坐归心壮，又是他乡。九日明朝酒香，一年好景橙黄。龙山上，西风树响，吹老鬓毛霜。

【赏析】

此曲开阖自如，潇洒放达，颇有李白诗歌遗风。亦是作者人格精神的体现。

〔中吕〕红绣鞋

天台瀑布寺^①

【原文】

　　绝顶峰攒雪剑^②，悬崖水挂冰帘^③。倚树哀猿弄云尖^④。血华啼杜宇^⑤，阴洞吼飞廉^⑥。比人心山未险^⑦。

【注释】

　　①天台：即天台山，在浙江省天台县北，相传汉时有刘晨、阮肇入天台采药遇仙故事。

　　②绝顶峰攒雪剑：山峰绝顶尖峭，高寒积雪如同雪剑。攒，聚积。

　　③悬崖水挂冰帘：悬崖处有瀑布直泻而下，宛若挂着冰帘。

　　④哀猿弄云尖：猿猴在山峰上，山峰高入云端。哀猿，猿猴，鸣叫声音凄切，故称哀猿。

　　⑤血华啼杜宇：传说杜鹃鸣叫，直到喉咙出血为止，故有"杜鹃啼血"的说法。

　　⑥飞廉：传说中的风神。

⑦比人心山未险：人心的险恶，胜过天台山。

【赏析】

这是一首写景的曲子。天台山瀑布是江南胜景。瀑布直泻而下，有如山峰上倒挂的雪剑，又如悬崖上垂下的水帘；高不可攀，只有哀猿在峰顶倚树抚云；瀑布的声音，宛若风神怒吼！景象震撼人心，末句笔峰一转，道出了警句"比人心山未险"激起人们对人间世相的沉思。其实，这篇写景之曲，也是即景抒怀之作。

〔中吕〕卖花声

怀古

【原文】

美人自刎乌江岸②，战火曾烧赤壁山③，将军空老玉门关④。伤心秦汉，生民涂炭，读书人一声长叹。

【注释】

①卖花声：一名升平乐，曲牌名。

②美人自刎乌江岸：项羽失败后自刎于乌江，爱妾虞姬也自刎而死。

③战火曾烧赤壁山：指三国时的赤壁之战。

④将军空老玉门关：班超白白在玉门关外耗尽生命。将军，指东汉名将班超，汉明帝和章帝时他奉命安定西域，使西域各族恢复了与汉朝的联系。他被任命为西域都护，封为定远侯。在西域生活三十一年，晚年思念家乡，上疏请求回去，有"臣不敢望到酒泉郡，但愿生入玉门关"的话，"空老玉门关"即指此。

【赏析】

这是一首咏史诗。张可久在此作中对于项羽，孔明、周瑜和曹操，以及建立了安定西域功勋的班超，一概加以否定，这是一种错误的历史观：因为他们都在不同方面，不同程度上对历史的发展作出了或大或小的有益的贡献。

但作者着眼于战火给人民带来的灾难，表达了对人民的深厚同情，这在民族战争频仍的元朝社会，还是有它具体的针对性和一定积极意义的，同时，这也是作者民丰思想的反映。这，就更应给予肯定了。

〔黄钟〕人月圆

山中书事

【原文】

兴亡千古繁华梦，诗眼倦天涯①。孔林②乔木，吴宫③
蔓草，楚庙④寒鸦。数间茅舍，藏书万卷，投老⑤村家。
山中何事？松花酿酒，春水煎茶。

【注释】

①诗眼：诗人的洞察力。

②孔林：指孔丘的墓地，在今山东曲阜。

③吴宫：指吴国的王宫。春秋时吴国，建都于吴
（今江苏省苏州市）；三国时吴国，建都于建业（今江苏
省南京市）。

④楚庙：指楚国的宗庙。

⑤投老：临老，到老。

【赏析】

张可久的散曲的风格是典雅清丽，风格豪放，语言
朴实，确为另一路数。但每一位成熟的艺术家的创作都

是多采多姿的，有时又有一些创作与其总体风络有所不同，显示出别种风貌。这与小令即如是。它题名《山中书事》，实为怀古，借感叹古今的兴亡盛衰表达自己勘破世情，隐居山野的生活态度与价值取向。全曲分上下两片，上片咏史，下片抒怀。开头两句，总写历来兴亡盛衰，都如幻梦，自己早已参破世情，厌倦尘世。接下来三句，以孔林、吴宫与楚庙为例，证实前面所言不虚：作为儒家万世师表的孔子，曾经称霸江东的吴王，还有疆域辽阔的楚国，如今只舍下凄凉一片。下片转入对现实生活的叙写，镜头转到了眼前山中，虽然这里仅有简陋怕茅舍，但藏有诗书万卷。最后写寄身村舍的日常生活：自酿的松花酒，自煎的春水茶，幽闲宁静，诗酒自娱，自由自在，人真回归到了人本身。这首曲情景交融，意蕴深沉，耐人寻味，实系佳构。

〔正宫〕小梁州

避暑即事

【原文】

　　两峰晴翠插波光①，十里横塘②。画楼帘影挂斜阳，谁凝望？纨扇③掩红妆。〔幺〕莲舟撑入荷花荡，拂天风两袖清香。酒醉归，月明上，棹歌④齐唱，惊起锦鸳鸯。

【注释】

①两峰：指杭州西湖附近的南高峰与北高峰。这句写两峰倒映在水中之景象。

②横塘：古堤塘名。三国时吴国筑于建业（今南京市）城南淮水（今秦淮河）南岸，一称南塘。此处借指西湖。

③纨扇：用细绢制成的团扇，多为女性用。

④棹歌：船工行船时所唱的歌。

【赏析】

这是作者的一首写景诗。张可久一生厌恶仕途，寄情山水。西湖是他一生流连时间最长，也是吟咏最多之地。这首小令即为其一。一开始写湖面风光：翠绿的两峰倒映湖中，波光粼粼，景色诱人，湖面开阔。接着写湖岸上，画楼帘影挂满夕阳的光辉，楼上谁正在依栏凝望？原是一位佳人，手持纨扇，娇羞地掩着脸。这把一个当时社会里的闺阁千金刻画得绘形绘色：她既想看湖上的风光，又怕别人看见她，因此只能手持团扇遮掩：这是一种心理描写，也是对封建意识形态拘囿下的女性的典型气质的摹写。后半部分（在〔幺〕以后），前两句写湖上采莲女。荷花、莲子是西湖的一大景色，亦是一大特产。柳永在《望海潮》中称之为"十里荷花"。"莲叶何田田，江南可采莲。"采莲女也不断被诗人讴歌，以此为题材之佳作屡见不鲜，其中王昌龄的《采莲曲》更是千古名篇："荷叶罗裙一色裁，芙蓉向脸两边开。乱入池中看不见，闻歌始觉有人来。"在这首曲中，写采莲女仅两句，而且始终不见人影，只见船动，显得十分空灵。最后写夜深月上，酒醉归去，"棹歌齐唱，惊起锦鸳鸯"，意在揭示唱棹歌的人多，歌声响亮，甚至小鸟、水鸟亦被惊起。湖上各种水鸟甚多，此处只写鸳鸯，为这首曲增添了绵绵情意。这是一首典型的清丽之作，湖光山色，佳人少女，相得益彰，为全曲增添了几多灵气，最后又以鸳鸯惊飞，使得湖山更具风情与神韵。

〔越调〕寨儿令

西湖秋夜

【原文】

　　九里松，二高峰。破白云一声烟寺钟。花外嘶骢，柳下吟篷，笑语散西东。举头夜色濛濛，赏心归兴匆匆。

青山衔好月，丹桂吐香风。中，人在广寒宫。

【赏析】

此曲写西湖夜景将其写得声、色、味俱佳，简直秀色可餐；而动中有静，静中有动，动静相生，更凭添几多神韵，几多魅力，令人恨不得跳入湖中，以求与西湖秋夜共同永恒。

〔越调〕寨儿令

鉴湖上寻梅

【原文】

贺监宅[①]，放翁斋[②]。梅花老夫亲自栽。路近篷莱，地远尘埃，清事恼幽怀。雪模糊小树莓苔，月朦胧近水楼台。竹篱边沽酒去，驴背上载诗来。猜，昨夜一枝开。

【注释】

①贺监宅：即贺知章住地。

②放翁斋：陆游住所。

【赏析】

这首曲子以贺知章、陆游都曾在鉴湖之畔居住做引自比。自栽梅、自寻梅、自赏梅，以此将污浊社会拒斥，沽酒载诗，何等惬意！诗情画意，令你神往神游；一代绝曲，使你忘却诸般烦恼与忧愁。

〔越调〕寨儿令

忆鉴湖

【原文】

　　画鼓鸣，紫箫声。记年年贺家湖上景。竞渡人争，载酒船行，罗绮越王城。风风雨雨清明，莺莺燕燕关情。柳擎和泪眼，花坠断肠英。望海亭，何处越山青！

【赏析】

　　这又是一首描画鉴湖的佳作。贺家湖，即唐人贺知章的鉴湖。作者追忆湖畔往事，春意缠绵，景物清秀。情景交汇，抒写了多少相恋男女的绵绵深情，离愁别意，惹人双泪长流，肝肠寸断？

〔双调〕庆东原

次马致远先辈韵九篇

【原文】

　　诗情放，剑气豪。英雄不把穷通较。江中斩蛟，云间射雕，席上挥毫。他得志笑闲人，他失脚闲人笑。

【赏析】

　　此曲主要是讽刺以成败论英雄的庸俗观念。张可久比马致远小约二十岁，故称马为"先辈"。此作形象地揭示了人们在得志与不得志之时的不同处境、不同心理。富有生气及哲理，气势豪放雄沉。

〔中吕〕普天乐

暮春即事

【原文】

　　老梅边，孤山下。晴桥蟛蛛，小舫琵琶。春残杜宇声，香冷荼蘼架。淡抹浓妆山如画，酒旗儿三两人家。斜阳落霞。娇云嫩水，剩柳残花。

【赏析】

这首曲子摹写了暮春之状态，表现出作者不得志的惆怅心理。颇有"夕阳无限好，只是近黄昏"之意。词语清丽自然，颇值一读。

〔双调〕折桂令

九日①

【原文】

对青山强整乌纱②。归雁横秋，倦客思家③。翠袖殷勤④，金杯错落⑤，玉手琵琶。人老去西风白发，蝶愁来明日黄花。回首天涯，一抹斜阳，数点寒鸦。

【注释】

①九日：农历九月初九，为登高节。

②对青山强整乌纱：化用孟嘉落帽故事：晋桓温于九月九日在龙山宴客，风吹孟嘉帽落，他泰然自若，不以为意。

③归雁横秋，倦客思家：南归的大雁在秋天的空中横排飞行，长久在外的游子思念家乡。倦客，指长久在外的游子。

④翠袖：此处借指女子或伎女。

⑤金杯错落：各自举起酒杯。金杯，黄金酒杯。错落，参差相杂。一说酒器名，白居易诗："银含错落盏，金屑琵琶槽。"

【赏析】

此曲颇带有民俗描写的成份。

九月初九重阳日，系汉族的登高节。

此时正值秋高气爽，但万物也开始萧疏。大雁南归，更易引发游子思乡。秋野丰美多姿，秋景却最令游子泪下神伤。

这首小令，既写"九日"的美好，更写了游子的愁肠。"人老去西风白发，蝶愁来明日黄花"。正是"愁"和"美"的结合，给人佑多苍凉与感伤，亦令人心甘情愿地欣赏那份悲凉——因为它别具一种凄怆之美。

〔双调〕折桂令

读史有感

【原文】

剑空弹月下高歌①，说到知音②，自古无多，白发萧疏③，青灯寂寞，老子婆娑④。故纸上前贤坎坷⑤，醉乡中壮士磨跎⑥。富贵由他，谩想廉颇⑦，谁效常何⑧。

【注释】

①剑空弹：借用战国时冯欢故事。孟尝君善养客，时冯欢为门下客，一日冯欢"弹剑而歌曰：长铗归来乎，出无舆！孟尝君迁之代舍，出入乘舆车矣。"见《史记·孟尝君传》，苏辙《食茅栗》："故国霜蓬如碗大，夜来弹剑似冯欢"。

②知音：知己者。

③萧疏：稀稀落落。

④老子婆娑：老子，自称，有倨傲之意。婆娑，放浪自得的形态。

⑤故纸上前贤坎坷：古书上记载的前贤是不得志的

人。故纸，古书。坎坷，道路不平的样子，引申为不得也。

⑥醉乡中壮士磨跎：唐朝马周不得意时饮酒消愁。据《新唐书·马周传》说，马周不得意时，住在新丰（今陕西临潼县东）旅舍，店主人不理他，他就要了一斗八升的酒，自饮起来。壮士，指马周。磨跎，一作蹉跎，消遣、消磨时间，元杂居《鲁斋郎》四折〔梅花酒〕："我这里自磨跎，饮香醪，醉颜酡"。

⑦廉颇：战国时赵国大将。

⑧常何：唐朝中郎将。唐太宗下令百姓论朝政得失，马周此时正住在常何家中，于是替常何条陈二十余事。因常何是武人，不通文墨，太宗见条陈头头是道，颇以为奇，常何始将实情说出。太宗立见马周，拜为监察御史。谁效常何，是说现在没有常何这样老实的人，所以像马周这样的人就难被重用。

【赏析】

作者在这首小令中，借古人之酒杯，浇自己心中之垒块，抒发了"知音"难觅的感慨。作者从战国时弹铗的冯欢谈起，联系到古代的诸多前贤，他们尽管高才绝学，踌躇满志，却总是道路坎坷。

世上若是没有常何，马周焉能被唐太宗识得？而赵国老将廉颇，虽然战功赫赫，由于不遇明主，终被群小埋没。

作者读古人历史，有感于自身际遇，故而发出如此慨叹。他空有济世救民的雄心壮志，然而不为所用，壮志难酬，所以至今只能过着"白发萧疏，青灯寂寞"的生活。

事实上，此曲亦就含有对封建专制社会进行批判的蕴意。

〔中吕〕满庭芳

春思

【原文】

愁斟玉斝①，尘生院宇②，弦断琵琶。相思瘦的人来怕，梦绕天涯③。何处也雕鞍去马？有心哉归燕来家。鲛绡帕，泪痕满把④，人似雨中花。

【注释】

①玉斝：用玉制的酒器。

②"尘生"句：此句化用刘方平《春怨》："寂寞空

庭春欲晚，梨花满地不开门"之意。

③"梦绕"句：此句从赵令畤《乌夜啼·春思》结尾"重门不锁相思梦，随意绕天涯"中化出。

④"鲛绡帕"两句：化用陆游《钗头凤》词："春如旧，人空瘦，泪痕红浥鲛绡透。"

【赏析】

这首曲子题名《春思》，实际上写的是相思之情。张可久这首曲子缠绵动人，令人心痛。

前三句创造一种氛围，极写主人公情思慵懒，对什么事都打不起精神来的精神状态。此何故也？第四句就给予了明确回答：患了严重的相思病，整天神思恍惚，梦游海角天涯，寻觅情人。接下去自然而然要提到她的情人了。此处有两点需要注意：一是情人是骑着骏马离开的，那当然是个男子，害相思的自然也就是个女子；二是女子不知情人去踪。因此也就不知他何日归来。看到梁上双双紫燕归来，人却孤独无伴，更其伤心，不禁泪流满脸。

最后三句就是写出了这状况。"人似雨中花"。比喻贴切，既写出了女子相思之苦，也刻画出女子之美。两者相融，也就成为一种凄美。此美最能惹人同情，使人感伤，别具一种铄人的艺术魅力。此作用语典雅，情思

恻恻，含蓄蕴藉，令人长思，迫人玩味，是同类题材中
的佼佼者。

〔双调〕水仙子

归兴①

【原文】

　　淡文章不到紫薇郎②，小根脚难登白玉堂③。远功名
却怕黄茅瘴④。老来也思故乡，想途中梦感魂伤。云莽莽

冯公岭，浪淘淘扬子江，水远天长。

【注释】

①归兴：归乡后的感触。

②淡文章：平淡浅薄的文章。

③小根脚：犹言根底浅，指出身平寒微贱，门第不高。

④黄茅：茅草中的一种，多生长在无人居住的荒僻之地。瘴：瘴气，指热带森林中的湿热之气，从前被认为是恶性疟疾等传染病的病源，古人对此甚为畏惧。

【赏析】

此作系作者从官场中引退，归家时所作。

全曲共八句，前边用了五句来阐明归乡原因。头两句言说自己功名无望，既无才学又无靠山，因此仕途堪忧。初看似是自谦，实际上是发不平之声。其实作者才华横溢，散曲创作独步文坛，备受推崇，自己极希望能有所作为，但怀才不遇。说自己因出身贫寒而"难登白玉堂"，这种激越控诉！下边三句对归乡原因作进一步解说：本想隐居深山，又因那里瘴疠之气严重，年事已高更加思乡，故乡的山水魂牵梦绕。最后写归乡途中所见，云霞莽莽的冯公岭，大浪淘淘的扬子江，正是日夜"梦感魂伤"的故乡！结尾表达了作者热爱故乡的无限深情，不由得令人想起孟浩然《渡浙江问舟中人》："潮落江平未有风，扁舟共济与君同。时时引领望天末，何处青山是越中？"这首曲前边虽有愤激，最后却归于平静。故乡优美的山水使他的灵魂得到了净化。

〔双调〕折桂令

西陵①送别

【原文】

画船儿载不起离愁②，人到西陵，恨满东州③。懒上归鞍，慵开泪眼，怕倚层楼④。春去春来，管送别依依岸柳⑤。潮生潮落，会忘机泛泛沙鸥⑥。烟水悠悠，有句相酬，无计相留。

【注释】

①西陵：当指西陵渡，故址在今浙江省萧山县。

②画船：喻船的华丽。此句化用李清照《武陵春》："只恐双溪舴艋舟，载不动，许多愁"的意境。

③东州：或谓指山东琅邪（今山东临沂北）。其实在此西陵与东州都非实指某地，只不过用以指送别之地与

友人前去之地。

④层楼：高楼。登楼远望，思念故乡亲人，思念远别良朋，自王粲的《登楼赋》以后，在诗词中屡见不鲜，登楼倚栏思念远方亲人，并因此生愁惹恨，在中国文学中已形成原始意象。此句由辛弃疾的"怕上层楼"点化而成。

⑤依依：由"昔我往矣，杨柳依依"变化而来。在汉代，京都的人常送客至灞桥，折柳赠别。以后折柳、杨柳成了赠别之象征，亦形成一个原始意象，因此才有"年年柳色，灞陵伤别。"

⑥忘机：原为泯灭机心。此处意为淡名利，不陷于世事俗务，有出世隐逸之意。

【赏析】

这是一首送友的名作。

中国人重视朋友情谊，列为五伦之一，并产生了大量以送别为题材的作品，其中佳作频出，如王勃的《送杜少府之任蜀州》、王维的《送元二使安西》、李白的《黄鹤楼送孟浩然之广陵》等等，都传诵千古。张可久这首小曲，写得缠绵悱恻，不亚于前人。

首先点明是在西陵送别友人。首句虽是化用李清照词句的意境，但李词说的是游览用的小艇，此处则是作交通工具的大船，更显离愁之重，因之更衬托出友情之深厚。二、三两句写出送别之地及友人的目的地。它营造出一个在西陵握别，离恨却已弥漫东州的深广意境。离情之苦，友谊之深更因之而强化。

四、五、六句为第二层，写送别友人后的情景。友人已去，眼前已无良朋，泪眼难睁。回家后不敢倚楼眺望，因为过尽千帆都不会是载友人归来的画船。

第七句到第十句，抒写与友人别离后的寂寞凄清。春去春来，西陵渡头依然杨柳依依，潮涨潮落，日更一日，但友人踪影难觅，何堪伤悲！最后三句，悱恻缠绵，情悠意长。友人早已远去，江上烟水迷茫，真个是"孤帆远影碧空尽，惟见长江天际流。"悠悠烟水也正是绵绵离愁。虽有深情的诗句，但牵不住离舟。余音袅袅，如水长流。小令不长，却载千古离恨，真良构也。

〔双调〕殿前欢

客中

【原文】

望长安，前程渺渺鬓斑斑。南来北往随征雁，行路艰难。青泥小剑关，红叶溢江岸，白草连云栈。功名半纸，风雪千山。

【赏析】

在这首曲子中，作者写自己在旅途作客，由千山万水行路之难的感慨，写得刻露深警，尤其是以险峻著名的小剑关、连云栈相喻，更见世途的坎坷，为不得不去追求功名的人涂上了浓厚的悲凉色彩，更发现功名不过是纸半张，毫无用途。这是作者的深沉的人生感悟。曲子内涵丰富深刻，意在言外。

〔双调〕殿前欢

春晚

【原文】

怨春迟，夜来风雨妒芳菲。西湖云锦吴山翠，正好传杯。兰舟画桨催。柳外莺声碎，花底佳人醉。携将酒去，载得诗归。

【赏析】

这首描写西湖春天晚景的小曲写得优美隽永，极富

情味。尤其末句，铸词造句，颇具匠心，对仗工整自然，
十分畅达。

〔越调〕天净沙

晚步

【原文】

　　吟诗人老天涯，闭门春在谁家。破帽深衣瘦马。晚

来堪画，小桥风雪梅花。

【赏析】

这支曲子写作者傍晚散步的所见的感。简洁优美，近于六言绝句，而又胜于六言绝句。小令虽小，仍寓大家风姿。

〔双调〕清江引

采石江上

【原文】

江空月明人起早，渺渺兰舟棹。风清白鹭洲，花落红雨岛。一声杜鹃春事了。

【赏析】

这支小令，以寥寥几笔，勾勒出如画美景。风、花可使岛、洲增色，鸟声送春更堪流连。小品简练，美不胜收。活泼轻捷，读之难忘。

〔中吕〕红绣鞋

秋望

【原文】

一两字天边白雁，百千重楼外青山。别君容易寄书难。柳依依花可可，云淡淡月弯弯。长安迷望眼。

【赏析】

此曲题为《秋望》。主体是谁？似是一位闺中少妇盼望进京求取功名的丈夫早日归乡。"柳依依花可可，云淡淡月弯弯"恐是女性视角。此曲写景措词造句工整而自然，不见雕琢。真可谓妙语天成。情景交融，意境深远，独具一种魅力。

〔双调〕落梅风

春晚

【原文】

寻花径，梦草池，乳莺啼牡丹开未？荒凉故园春事已，谢东风补红添翠。

【赏析】

这又是一首写春日晚景的诗章。诗味隽永，写景抒情，均极佳妙。锻词铸句，颇具匠心，但又不见斧凿，可谓妙语天成。

〔双调〕湘妃怨

次韵金陵怀古

【原文】

朝朝琼树后庭花①，步步金莲潘丽华②，龙蟠虎踞山如画③。伤心诗句多，危城落日寒鸦④。凤不至空台上⑤，燕飞来百姓家⑥，恨满天涯。

【注释】

①朝朝琼树后庭花：写南朝陈后主事。陈后主荒于

酒色，每日与妃嫔狎臣游宴赋诗，不务政事，直到敌兵袭来，仍在诗酒行乐，等到隋朝大将韩擒虎攻入朱雀门，才和两个妃子躲入宫内的景阳井，终被俘。他曾制《玉树后庭花》曲，歌词绮艳轻薄，宫中时常唱此曲取乐，故云"朝朝琼树后庭花"。朝朝，天天、每天。

②步步金链潘丽华：写南北朝时南齐东昏侯事。东昏侯宠爱贵妃潘丽华，曾用金做莲花铺于地，让潘妃步行其上，名为"步步生莲花。"后梁武帝攻入南京，东昏侯被杀，潘妃亦自缢而死。

③龙蟠虎踞：形容金陵（今南京）地形的雄壮险要。《六朝事迹类编》记诸葛亮论南京地形说："钟阜龙蟠，石城虎踞，真帝王之宅。"

④危城：高高的城墙。

⑤凤不至空台上：指凤凰台，在南京城西南隅。据《六朝事迹类编》记载：南北朝时宋元嘉中，有凤凰飞到此处山上，于是在山下筑此台以表祥瑞。李白《登金陵凤凰台》："凤凰台上凤凰游，凤去台空江自流。"

⑥燕飞来百姓家：刘禹锡《乌衣巷》："旧时王谢堂前燕，飞入寻常百姓家。"言东晋王、谢两大贵族的豪华住宅，如今已变成百姓的住宅。

【赏析】

　　这支曲子抒写南宋亡国之恨，借历史故事寄托今日之哀思。作者写了陈后主、南齐东昏侯的荒淫无耻，所以尽管金陵是"钟皇龙蟠，石城虎踞"险要之地，也保不住统治者的灭亡。皇帝的官阙和贵族的府第，如今都是寻常百姓的茅舍。这就是历史提供的殷鉴。